# Geschichten, nichts als Geschichten ...

von Ingo Schindera

Hallo! Ich bin Ingo Schindera, geboren am 1.12.1941. Ich überlass es Ihnen, auszurechnen, wie alt ich bin. Über 30 Jahre war ich Hautarzt im Saarland, dabei habe ich ständig den Juckreiz von jung und alt behandelt. Sie wissen doch, Juckreiz ist schlimmer als Heimweh. Den Hautarzt habe ich vor zehn Jahren an den Nagel gehängt. Und nun erzähl ich Geschichten, ich habe sie für die großen Kinder sogar aufgeschrieben. Den nicht so großen Kindern erzähl ich Geschichten in einem anderen Buch. Versprochen!

Morgen fang ich an.

# Geschichten, nichts als Geschichten ...

von Ingo Schindera

Bibliografische Information der Deutschen Nationalbibliothek:
Die Deutsche Nationalbibliothek verzeichnet diese Publikation in
der Deutschen Nationalbibliografie; detaillierte bibliografische
Daten sind im Internet über dnb.dnb.de abrufbar.

1. Auflage, 2021
© 2021 Ingo Schindera
Herstellung und Verlag: BoD – Books on Demand, Norderstedt
ISBN: 9783754325766
Umschlaggestaltung: Isabell Valentin
Illustration: Dr. Peter Hilzensauer
Titelfoto: Karolina Grabowska von Pexels und John Jennings von
Unsplash

Nur der kann Geschichten erzählen, der selbst Geschichten erlebt hat.

John Steinbeck amerikanischer Autor

Eine Binsenweisheit, die nicht ganz stimmt, denn die phantastischsten Geschichten erzählen Kinder. Ihre Geschichten werden nicht nur mit dem Mund, sondern mit den Händen, den Augen und dem Herz erzählt. Die Geschichten sind wie Zuckerwatte süß, weich und flauschig und der Kern der Geschichte ist nur ein nichtssagendes, unwichtiges Holzstäbchen. Zur Erzähler-Gilde der Kinder gehören auch meine Enkelkinder Amelie und Johann.

Meine Geschichten sind nicht phantastisch, sie sind real und selbst erlebt, dabei habe ich mir aber gelegentlich eine winzig kleine, nicht nennenswerte dichterische RETUSCHE erlaubt.

# Inhalt

7

## ... am Ende des Zweiten Weltkrieges

## Ein französisches Leberwurstbrot

Dieser grauenvolle Zweite Weltkrieg war zu Ende. Zu Ende waren auch die Flucht und die Odyssee meiner Mutter, die sie zusammen mit uns fünf Kindern erleben musste. Nach zahllosen Fluchtstationen fanden wir endlich bei einem Onkel in Wangen im Allgäu eine Bleibe. In diesen sicheren Hafen waren außer uns aber noch andere Verwandte mit ihren Kindern eingelaufen und so waren wir neben mehreren Erwachsenen, 12 Kinder. Und obwohl ich erst vier Jahre alt war, erinnere ich mich noch genau an die zwei kleinen Zimmer, in denen wir hausten.

Mein Vater war in englischer Kriegsgefangenschaft. Er hatte sich in letzter Minute vor den Soldaten der Roten Armee in Sicherheit bringen können. Sie hätten ihn, wenn auch als Arzt nicht zur kämpfenden Truppe gehörend, als „Sanitätsoffizier" erschossen. So erging es vielen Offizieren in dieser Zeit, die in die Hände der Russen fielen.

Deutschland hatten die Siegermächte in verschiedene Zonen aufgeteilt. Wangen im Allgäu war von den Franzosen besetzt, es gehörte zur französischen Zone. Das war insofern für uns Kinder bedeutungsvoll, weil meine Mutter gut französisch sprach.

Alles wurde beschlagnahmt, es gab nichts zu essen und Hunger war unser ständiger Begleiter. Also suchte jeder, auch schon wir Kinder, etwas zu essen. Meine jüngere Schwester, sie war gerade drei Jahre alt geworden, und ich waren ein „Team". Unser Jagdgebiet war nicht sehr groß. Das Haus unseres Onkels lag mit der Frontseite zur Hauptstraße hin und an der Rückseite des Hauses gab es einen kleinen Platz und einen Garten. Hinten an dem Garten grenzte eine Schmiede und daneben war der Gasthof „Zum Löwen", den französische Soldaten in Beschlag genommen hatten. Im ersten Stock, in dem ehemaligen Tanzsaal, war die Kantine der Soldaten eingerichtet worden und im Erdgeschoss die Küche. Vor der Küche war ein kleiner Bezirk mit Maschendraht eingezäunt. An dem Maschendraht war ein Verbotsschild angebracht, da ich aber noch nicht lesen konnte, störte das Schild mich nicht. Im Zaun befand sich ein Loch, das sich vielleicht ein Hund gegraben hatte. Durch dieses Loch schlüpften wir mühelos. Wir stellten uns „lauernd" unter das große Küchenfenster. Irgendwann wurde das Fenster geöffnet und ein verführerischer Duft von Essen kam uns entgegen. Danach trat eine junge dunkelhaarige, etwas mollige Frau ans Fenster, zündet sich eine Zigarette an und beobachtete uns blonde Kinder, die mit großen hungrigen Augen dastanden. Noch bevor sie ihre Zigarette ausgeraucht hatte, sprach sie uns auf Französisch an, was wir aber natürlich nicht verstanden. Aber sie winkte uns zu sich heran und flüsterte plötzlich auf Deutsch: „Kommt rein!" Noch bevor ich meine Ängstlichkeit überwunden hatte, war meine kleine Schwester mutig vorgelaufen. Die Frau begleitete uns durch einen kleinen Gang, der zu einer großen Küche führte. In einer Ecke der Küche standen ein Tisch, mehrere Hocker und eine Bank, auf der wir Platz nahmen. „Wie heißt ihr denn?", fragte sie uns.

„Ich heiße Ingo und meine Schwester Nanni." Dann legte die Frau den Zeigefinger an den Mund und sagte ganz leise: „Ihr dürft nicht sprechen!" Kurze Zeit später kam sie wieder mit zwei großen Stücken Weißbrot, die mit einer uns bis dahin unbekannten Wurst dick bestrichen waren. Etwas zögerlich biss ich hinein. Ach, wie wunderbar schmeckte das Wurstbrot.

Ein Wurstbrot, ein Leberwurstbrot! Wegen des „blöden Krieges" hatte ich ganz vergessen, wie eine Leberwurst schmeckt. Nachdem meine kleine Schwester sah, dass mir das Leberwurst-brot mundete, biss auch sie herzhaft hinein. Das war aber nicht die einzige Köstlichkeit, zu den Broten gab es eine grüne Limonade. Unser Hunger war so groß, dass wir schon nach kurzer Zeit die Wurstbrote vertilgt hatten. Es folgten weitere und während wir so munter am Essen waren, betraten zwei Männer in Uniform die Küche. Unsere „Gastgeberin", ging auf die Männer zu und begrüßte sie überschwänglich, als ob sie etwas zu verbergen hätte. Ich wusste damals noch nicht, dass wir Deutschen für die Franzosen Feinde waren. Ich fühlte aber intuitiv, dass hier etwas nicht stimmte. Der ältere von beiden zeigte auf uns und fragte anscheinend, was das für Kinder seien. Die Frau antwortete ihm, er stutzte kurz, schüttelte den Kopf und ging weiter. Er öffnete alle Schränke und schaute in jeden Winkel. Wir beiden saßen ganz still auf unseren Plätzen und beobachteten die beiden Soldaten und vergaßen dabei, unsere Wurstbrote zu essen. Kaum waren die beiden Männer verschwunden, nahm die Frau uns an den Händen und führten uns an das Loch im Zaun, dabei sagte sie in einem etwas traurigen Ton: „Ihr dürft leider nicht mehr zu mir kommen." Übrigens war das Loch im Zaun kurze Zeit später verschlossen. Zu Hause erzählte ich meiner Mutter, was wir mit der französischen Frau erlebt hatten. Sie hörte mit entsetzten Augen zu und sagte nur: „Da habt ihr großes Glück gehabt. So etwas dürft ihr nie wieder machen. Das müsst ihr mir versprechen."

Ein kleiner Hoffnungsschimmer für meine Mutter in dieser schweren Zeit war, dass sie sehr gut Französisch sprach. So kam sie auch an die geliebten Zigaretten heran, obwohl es nichts zu kaufen gab. Denn sie hatte Liebesbriefe der französischen Soldaten ins Deutsche übersetzt und die deutschen Briefe ins Französische. Sie nannte es, „postillion d´amour" spielen. Die ganze Liebespost lief über den Pförtner der französischen Militärverwaltung. Bei ihm holte sie sich immer kleine Päckchen ab, deren Inhalt Zigaretten und Liebesbriefe waren. Der Pförtner hat diesen „Liebesdienst" sicher nicht nur für Gottes Lohn gemacht und wird dabei auch sein Schäfchen ins Trockene gebracht haben.

Nach einiger Zeit, als meine Mutter wieder einmal ein Päckchen beim Pförtner abgeholt hatte, sprach sie eine dunkelhaarige, etwas mollige, junge Frau auf französisch an. „Madame, haben Sie zwei Kinder, Ingo und Nanni?"

Ganz erschrocken antwortete meine Mutter mit einem einfachen „Oui". Ob diese Person vom französischen Sicherheitsdienst war, von der Sûreté? Woher kannte diese Person die Namen ihrer beiden Jüngsten? Sie hatte die Geschichte von dem Leberwurstbrot schon längst vergessen. Die etwas mysteriöse Dame, die die Vornamen von uns beiden kannte, hatte den ängstlichen Gesichtsausdruck meiner Mutter sehr wohl bemerkt. Mit einigen klärenden Worten konnte sie meine Mutter aber sehr schnell überzeugen, dass ihre Befürchtungen unbegründet waren. Bei einer Zigarette erzählte sie nun meiner Mutter, was damals passiert war. „Gerade an dem Tag, an dem ich ihren beiden süßen Kindern etwas zu essen gegeben hatte, war Küchenkontrolle. Ihre Kinder haben sich aber mustergültig benommen, sie saßen da wie zwei stumme Ölgötzen und nachdem der Oberkontrolleur mich gefragt hatte, wem die beiden Kinder gehörten, da habe ich in meiner Not einfach gesagt, dass das meine Kinder sind. Ich weiß nicht, ob er mir das abgenommen hat. Die zwei sind doch blond und blauäugig und die passen doch so gar nicht zu mir! Eine Mutter mit so dunklem Teint, schwarzen Haaren, braunen Augen und dann zwei so blonde Kinder?"

„Leider", fuhr sie fort, „darf ich den Kindern in Zukunft nichts mehr geben, es wäre zu gefährlich. Die Deutschen sind doch die Feinde der Franzosen." Und dabei zwinkerte sie meiner Mutter mit einem Auge zu, dann schaute sie sich um, ob sie nicht beobachtet wurden und im selben Moment steckte sie meiner Mutter eine Tafel Schokolade für Ingo und Nanni zu.

Meine Mutter traf diese freundliche Dame noch häufiger, sie unterhielten sich immer nur kurz, dabei stellte sich heraus, dass sie aus Lothringen stammte, aus Thionville.

# Lasst uns nach Bethlehem gehen

Mein Onkel Emanuel (zu Deutsch, „Gott sei bei uns") machte seinem frommen Namen keine Ehre. Er war kein Kirchgänger. Nur einmal im Jahr zu Weihnachten besuchte er die Mitternachtsmette. Er mochte das alte lateinische Kirchenlied „Transeamus", in dem Lied geht es um den Aufbruch der Hirten nach Bethlehem und um Maria, Josef und das Kind, das in einer Krippe liegt. Wegen dieses Kirchenliedes wollte mein Onkel auch 1945, am ersten Weihnachtsfest nach dem Krieg, mit seiner Familie samt Schwiegermutter in die Mette gehen. Die Schwiegermutter meines Onkels nannten alle Kinder nur „Großmutter", obwohl sie nicht unsere „echte" Großmutter war. Meiner Mutter, die mit uns Kindern aus Schlesien ins Allgäu zu der Familie ihres Schwagers geflohen war, stand der Sinn nicht nach Weihnachtsmesse. Sie lag mit einer Lungenentzündung im Bett. Außerdem war sie als Einzige in der Familie evangelisch – und so etwas wie Ökumene war damals noch völlig indiskutabel. Mein Bruder Michael war aber in einem Alter, in dem man die zweistündige Zeremonie der Mitternachtsmesse schon überstehen konnte. Aber da gab es ein Problem ...

Alle Kinder außer ihm hatten für die Flucht nagelneue Schuhe bekommen, von unserer „echten" Großmutter. Sie hatte ein Schuhgeschäft in Oberschlesien und versorgte uns bestens auch im Krieg mit Schuhen. Michael war leer ausgegangen, weil er wenige Monate zuvor neue Schuhe bekommen hatte. Allerdings war er stark im Wachstum. Seine Füße waren so lang geworden, dass ihm das Schuhwerk nicht mehr passte ...

In der Nacht hatte es heftig geschneit, der Schnee lag einen halben Meter hoch. Am Weihnachtsmorgen - für meine Mutter „der heilige Vormittag"- traf die Großmutter Michael auf der Treppe und sagte: „Gell Du goscht hoit Obend scho mit ind Kirch?"

Mein Bruder, damals des schwäbischen noch nicht mächtig, antwortete Hochdeutsch: „Ich kann nicht mitgehen, ich habe keine passenden Schuhe und mit Sandalen kann ich doch nicht zur Kirche gehen."

Sie darauf: „Du hoscht doch Schuh khet?"

Er: „Die kann ich nicht mehr anziehen, die sind mir zu klein geworden."

Die Großmutter wiederum: „Zieh doin Mantl aan, mir gont Schuh kaufe."

Mein Bruder schaute sie ungläubig an und fragte: „Wo willst du Schuhe kaufen?" Eine berechtigte Frage, denn für Geld gab es nichts zu kaufen. Alle Grundnahrungsmittel waren streng rationiert. Man konnte allenfalls *tauschen*. Die Großmutter zauberte aus einem geheimen Versteck ein Glas Honig, eine Tüte voll Mehl und ein Säckchen mit Zucker und etwas Butter, alles Zutaten zum Plätzchen backen. Sie packte die Sachen in einen Rucksack und so gingen die beiden ins Schuhgeschäft. Doch das Schuhgeschäft gab es nicht mehr, in dem Gebäude waren Flüchtlinge untergekommen.

Da war nur noch eine kleine Werkstatt in einem Nebengebäude des Schuhgeschäfts. Dort befand sich ein Regal, dass man zur Seite schieben konnte. Und hinter dem Regal war ein kleiner Raum, nicht größer als eine Speisekammer, hier lagerten des Schusters Schätze, ganz neue Schuhe! Die Großmutter wusste von dem Schuhversteck und ergatterte für meinen Bruder ein paar funkelnagelneue, passende Schuhe. Das war für meinen Bruder das schönste Weihnachtsgeschenk, das er je bekommen hatte. Stolz wie ein Spanier stapfte er in den neuen Schuhen um Mitternacht durch den Schnee zur Kirche. Dort sang der Chor „das Transeamus". Mein Onkel war gerührt und mein Bruder bestaunte die Krippe. Ein naturgetreu gestalteter Stall, in dem ein Kind auf Stroh gebettet in einer Futterkrippe lag. So erlebten wir Weihnachten 1945, keine großen Geschenke und ohne unseren Vater, der noch in englischer Kriegsgefangenschaft war. Es war ein sehr trauriges Weihnachtsfest.

# Schulranzenwoche

An der Außenwand unserer Buchhandlung fand ich ein Spruchband, in großen Lettern stand darauf: „Schulranzenwoche". Das hängt dort jedes Jahr zur Einschulungszeit, sagte man mir. Das traf sich gut, denn in diesem Jahr hatten meine Frau und ich die ehrenvolle Aufgabe übernommen, für meinen Enkelsohn einen Schulranzen zu besorgen.

Hätte ich aber gewusst, dass der Kauf eines Schulranzens heute alles andere als einfach ist, dann hätte ich diesen „ehrenvolle Auftrag " nicht angenommen. So betrat ich recht sorglos mit meiner Frau und meinem Enkelsohn im Schlepptau, die Buchhandlung. Ich war überwältigt von der Vielzahl der Schulranzen. Mir war sofort klar: Das wird nicht einfach, den richtigen Ranzen zu finden. Zum Glück erspähte ich ganz in der Nähe eine Sitzgelegenheit und zufällig stand dort auch eine Kaffeemaschine. Bewaffnet mit einer Tasse Kaffee, machte ich mir es auf einem Sessel gemütlich und überließ Omi und Enkel diesen schwierigen Part. Ich wollte ein kleines Nickerchen machen, aber ganz plötzlich tauchte vor meinem inneren Auge mein alter Schulranzen auf ... es war wie im Film.

Da war er wieder, mein alter Schulranzen, ein mit Leder umspannter Rahmen. Der ähnelte einer großen Schuhschachtel, allerdings mit breiten Rundungen an den Seiten. Den Deckel der Schuhschachtel bildete eine Lederschürze, die man beim Öffnen zurückklappte. Damals sahen alle Schulranzen so aus. Doch mein Schulranzen hatte eine Besonderheit, an die ich mich auch heute noch genau erinnere, er hatte innen ein Futter aus Pergament. Und darauf waren eigenartige, fremd und unbekannt anmutende geheimnisvolle Schriftzeichen aufgedruckt.

Bis er bei mir gelandet war, hatte mein Schulranzen eine kleine Odyssee hinter sich. Wie ich mitbekommen habe, war er wahrscheinlich 1941 für meinen ältesten Bruder angeschafft worden, der seinerseits im Herbst 1941 eingeschult worden war. Im Kriegs-Januar 1945 begleitete dieser Schulranzen ihn auf der Flucht. Meine Mutter, meine vier Geschwister und ich flüchteten vor der heranrückenden Roten Armee von Oberschlesien nach Wangen im Allgäu.

Auf der Flucht trug jedes meiner drei älteren Geschwister einen Schulranzen auf dem Rücken. Meine jüngere Schwester und ich konnten noch keinen tragen, wir waren noch zu jung für schwere Schulranzen. Meine Schwester war gerade zwei Jahre alt geworden und ich war drei Jahre alt. In die Schulranzen hatte meine Mutter neben vielem Nützlichen auch Schulbücher mit eingepackt. Beim Packen der Schulranzen konnte meine Mutter nicht ahnen, dass es für die drei „Großen" ein ganzes Jahr keinen Unterricht geben würde. Erst im Herbst 1946 begann wieder der Schulunterricht.

1947, nachdem mein Vater aus englischer Kriegs-gefangenschaft zurückgekehrt war, fand er im Allgäu mitten in Wiesen und Feldern ein kleines

„Auszughäuschen". (Das war ein kleines Haus, in das der Bauer und die Bäuerin einzogen, sobald sie den Hof an den Nachwuchs übergeben hatten.) Zufällig stand dieses Auszughäuschen auch noch leer und wir konnten einziehen. Endlich hatten wir nach den Fluchtstationen ein richtiges Zuhause gefunden.

Mein ältester Bruder besuchte nach den Schulferien im Sommer 1947 die erste Klasse des Gymnasiums und ich wurde eingeschult, und deswegen musste auch ich einen eigenen Schulranzen bekommen. Zu kaufen gab es in dieser Zeit praktisch nichts, natürlich auch keinen Schulranzen. So trennte sich meine Mutter schweren Herzens von ihrer kleinen Aktentasche, die ab jetzt meinem Bruder gehörte, und ich bekam seinen Schulranzen.

Dieser Schulranzen, mit seinem geheimnisvollen Innenleben, mit Schriftzeichen auf Pergament, begleitete mich vier Jahre. Er wurde mein Schutzengel, der mich auf meinem langen Schulweg vor den kräftigen, einheimischen, rauflustigen

Bauernbuben beschützte, denn sie hatten sich erstaunlicherweise bald mit dem schmächtigen Flüchtlingsjungen angefreundet. Ich habe ihnen dann bei den Hausaufgaben geholfen und habe dafür leckere Honigbrote bekommen, die meinen Hunger stillten.

Vier Jahre war dieser besondere Schulranzen mein treuster Begleiter, bis auch ich das Jungen-Gymnasium besucht habe. Dank einer bestandenen Aufnahmeprüfung wurde ich stolzer Besitzer einer neue Aktentasche, und den alten Schulranzen mit dem ach so geheimnisvollen Innenleben, verlor ich aus den Augen und ich hätte mich wahrscheinlich nie mehr an ihn erinnert, wenn ...

Ja, wenn ich nicht auf einem Firmenjubiläum die Bekanntschaft eines älteren, sehr geistreichen Herren gemacht hätte, der zudem so wunderbar jiddische Witze erzählen konnte. Im Laufe des Festessens stellte es sich heraus, dass der ältere Herr der Rabbi der Synagoge war und noch am selben Abend lud er mich ein, einmal einen Gottesdienst in der Synagoge zu besuchen. Nach dem

Gottesdienst würde er mir die Synagoge zeigen und das Wichtigste über den jüdischen Glauben erklären.

Eines Tages rief er mich tatsächlich an und lud mich zu einem Gottesdienst ein. Danach erklärte er den geladenen Gästen und mir zunächst einiges zur Synagoge und zum jüdischen Glauben. Dann holte er aus einer Art Schrank, der von einem Gold bestickten Vorhang bedeckt war, die Torarollen* heraus und rollte sie aus. Wie ein Blitz schlug es bei mir ein! Was sah ich da?

*Die Torarollen enthalten die fünf Bücher Moses, aber nicht in gedruckter Form als Bücher, sondern sie sind auf Pergament „handgeschrieben". Das handgeschriebene Pergament ist auf zwei Stäben aufgerollt. Zieht man die Griffe der Rollen auseinander, so wird die hebräische Schrift sichtbar.

Dieselben Schriftzeichen wie in meinem alten Schulranzen. Hebräische Schriftzeichen! Kein Zweifel! Ich hörte nicht mehr, was der Rabbi sagte. Ich musste immer nur an meinen alten Schulranzen denken. Der Rabbi war weiter gegangen und ich stand immer noch tiefversunken vor der

Tora und überlegte, wie die Teile einer Tora in meinen alten Schulranzen gekommen sein könnten? Es musste mit der Reichspogromnacht 1938 zusammenhängen. In dieser Nacht wurden die Synagogen geschändet und zuvor wurden sie ausgeraubt. Da die Tora aus Pergament besteht, hat man Teile der Tora „zweckentfremdet" und so ist aus dem Pergament einer Tora, wahrscheinlich das Futter für meinen Schulranzen entstanden.

Noch etwas verwirrt verabschiedete ich mich von dem Rabbi, dem ich die Geschichte später dann erzählte und der mir Folgendes mit auf den Weg gab: „Was war in dieser Situation besser für das heilige Buch, dass Teile der Tora in den Schulranzen eines doch so unschuldigen Kindes wanderten, oder dass sie von diesen Barbaren geschändet wurde?"

Ich habe mich öfters über die Herkunft des Schulranzens mit meinem Bruder unterhalten, der aber konnte sich auch nicht an die Herkunft des Schulranzens erinnern und auch daran nicht, dass der Schulranzen mit Pergament gefüttert war. Die

Einzige, die es vielleicht hätte wissen können, wäre meine Mutter gewesen, die hatte leider einen Schlaganfall erlitten und war seit dieser Zeit etwas verwirrt und konnte eine solche Frage natürlich nicht mehr beantworten. Auch mein Vater, der während des Krieges Chefarzt in einem Lazarett in Oberschlesien gewesen war, wusste nichts von dem Ranzen. Er hatte Alltagsprobleme meiner Mutter überlassen und so konnte das Rätsel meines Schulranzens nicht gelöst werden, das Geheimnis blieb im Dunkeln.

So sinnierte ich. Aber plötzlich standen sie vor mir: Mein Enkelsohn zufrieden und strahlend, mit einem großen, toll designten Schulranzen, der nicht aussah wie eine große Schuhschachtel, vielmehr erinnerte er mich an die Kraxe eines Bergbauern, auf dem dieser sein Heu ins Tal transportierte. Meine liebe Frau machte einen leicht erschöpften Eindruck. Der Kauf des Schulranzens war doch eine „größere Aktion". Ich dagegen war gutweggekommen. Zu Hause setzte ich mich hin und schrieb diese Geschichte auf.

Kurze Zeit später hörte ich im Radio, dass Synagogen und jüdische Friedhöfe mit Nazi-Parolen beschmiert worden sind und dass der böse Antisemitismus von Tag zu Tag zunimmt. „Armes Deutschland, ist es wieder soweit, dass jüdische Mitbürger Angst haben müssen!"

# Lena, das Gorilla Mädchen

Es war keiner dieser grässlichen Böller, nein, es war ein feuerbringender, fliegender Lampion, der zur Jahreswende 2019 in Krefeld auf das Affenhaus niederging und es entzündete. Unvorstellbar, welche Höllenqualen diese hochsensiblen, intelligenten Tiere bei dem Brand im Affenhaus erleiden mussten. In den Brandresten fanden die herbeigerufenen Polizeibeamten zwei schwer verletzte Menschenaffen: Ein Orang-Utan Weibchen, das von einer Tierärztin mit einer Überdosis Beruhigungsmittel getötet werden konnte und ein schwer verletztes Gorilla-Männchen, bei dem dies nicht gelang. Ihn tötete ein Polizeibeamter mit mehreren Schüssen aus einer Maschinenpistole.

Die Menschenaffen sind evolutionsgeschichtlich so etwas wie Vettern des Menschen. Man mag darum vielleicht verstehen, dass vor einiger Zeit ein Hautarzt zu einem Hausbesuch in den Zoo gerufen wurde. Der stand dann am Eingang des Zoos und wandte sich an die Kassiererin: „Guten Tag, meine Name ist Dr. Baeverstedt, ich bin Hautarzt und soll einen Hausbesuch bei einem kranken Gorilla-Mädchen machen, würden Sie freundlicherweise die Zoodirektorin benachrichtigen, sie weiß Bescheid."

Und schon kurze Zeit später begrüßte ihn eine charmante Zoodirektorin mit einem freundlichen „Hallo!" Sogleich ging es zum Affenhaus. Dort wurden sie von der Tierpflegerin des Gorilla-Mädchens „Lena" und dem Leiter des Affenhauses empfangen. Der Assistent erzählte, dass zur Gorilla-Familie ein älteres Gorilla-Weibchen, ein halbstarker Junggorilla mit Namen „Bilbo" und die Patientin „Lena" gehörte und er übernahm die Führung. Baeverstedt wurde in einen Raum geleitet, der aussah wie eine Küche, es fehlte nur ein Elektroherd. Der Raum war weiß gekachelt und blitzte vor Sauberkeit. Kisten mit Obst, Bananen und frischem grünen Laub standen ordentlich aufgereiht in einer Ecke, das war die Tagesration für die drei Gorillas. Am Kopfende der Küche befand sich eine verschlossene Tür, die der Leiter öffnete und dahinter war ein kleiner Gang. Am Ende des Gangs war wieder eine Tür mit einem kleinen Fenster. Der Leiter schloss die Tür auf, drückte dem Hautarzt eine halb geschälte Banane in die Hand und schob ihn mit einem Schubs in eine fensterlose Kabine.

Auf einem großen Hocker saß ein muskelbepacktes Gorilla-Mädchen. Die Muskel-Pakete hätten jedem Bodybuilder zur Ehre gereicht. Oben auf dem Kraftpaket saß ein Kopf ohne Hals mit dunklen, ängstlich funkelnden Augen. Das Herz des Hautarztes begann zu rasen: Wer hatte hier mehr Angst? Er oder die Gorilla-Patientin? Leicht zitternd hielt er ihr die Banane hin, die das Gorilla-Mädchen zitternd in Empfang nahm, während der Arzt, sein mulmiges Gefühl verdrängend, ihre Haut musterte. Er sah haarlos gewordene, ekzematisierte Ellenbeugen, die durchzogen waren von blutigen Kratzspuren. Dieselben Hauterscheinungen waren auch in den Kniekehlen zu erkennen. Bei einem Menschen hätte der Hautarzt ein Beugeekzem, eine Neurodermitis diagnostiziert, wie diese Krankheit im medizinischen Fachjargon heißt. Aber kommt im Tierreich die Neurodermitis überhaupt vor? Ist es nicht eine Krankheit, die nur beim Menschen vorkommt? An der Diagnose bestand aber kein Zweifel. Also äußerliche Behandlung? Das könnte schwierig werden. Denn was waren die Ursachen? Würde der Abbau von Stressfaktoren vielleicht helfen? Solche und ähnliche Gedanken schossen dem Arzt durch den Kopf. Aber eigentlich wollte er möglichst rasch weg von diesem unheimlichen Ort.

Er ging langsam rückwärts, das Gorilla-Mädchen fest im Auge. Die Ausgangstür öffnete sich wie von Geisterhand und mit der Bemerkung: „War das jetzt so schlimm?", wurde er in Empfang genommen.

„Nein", antwortete er, „aber ich bin bis auf die Unterhose nass geschwitzt."

„Was hat Lena jetzt?"

Nachdem sich alle in der Futterküche an einen Tisch gesetzt hatten, erklärte der Hautarzt, was eine Neurodermitis ist. Er tat es mit denselben Worten, wie er die Hautkrankheit einer besorgten Mutter erklärt hätte, deren Kind an einer Neurodermitis leidet. Danach wollte er Näheres über die Vorgeschichte wissen. Wann und wo die ersten Hauterscheinungen aufgetreten seien? Wie sich das soziale Umfeld darstelle? Die Tierpflegerin berichtete, die Gorilla Familie setzt sich aus drei Tieren zusammen: einer alten Gorilla-Frau, einem halbstarken Gorilla-Männchen „Bilbo" und dem noch nicht geschlechtsreifen Gorilla-Mädchen „Lena". Es gehe dem Zoo darum, so die Direktorin, Gorillas in der „Gefangenschaft" nachzuzüchten. Bilbo, „der Halbstarke", habe Lena ständig belästigt und bedrängt. Aber Lena sei, wie gesagt noch gar nicht geschlechtsreif. Darauf wurde Baeverstedt manches klar!

Denn im Wort Neurodermitis steckt ein wichtiger Schlüssel zum Verständnis der Krankheit. Das

Wort Neurodermitis setzt sich aus zwei Wörtern zusammen. Aus Neuro = für Nerv und Dermitis = für Hautentzündung. Diese ständige Belästigung durch diesen halbstarken Bilbo ist somit eine der Hauptursachen für die Hautkrankheit von Lena. Weiter führte der Hautarzt aus, dass seines Wissens diese Hautkrankheit in der Natur bei Menschenaffen nicht vorkommt. Es empfehle sich dringend, Bilbo und Lena zu trennen. Die Zoodirektorin sagte zu, während Dr. Baeverstedt versprach, nach zwei Wochen wieder vorbeizuschauen und das tat er auch.

Dieses Mal schaute er sich Lena jedoch durch eine Panzerglasscheibe an. Das Ekzem hatte sich deutlich gebessert. Nach vier Wochen waren auch die Kratzspuren völlig abgeheilt. Aber sobald Lena wieder mit Bilbo zusammentraf, traten wieder juckende Hauterscheinungen auf. Daraufhin wurde Lena mehrere Monate von Bilbo getrennt. Aber nach einem erneuten Zusammentreffen zeigten sich sofort wieder Hauterscheinungen, sodass Lena schließlich in einen anderen Zoo umziehen musste.

Ob man so hochintelligente Tiere wie Menschenaffen überhaupt im Zoo halten sollte, sinnierte Dr. Baeverstedt und ob das wirklich notwendig sei, um Gorillas vor dem Aussterben zu bewahren. Wenn es nach ihm ginge, müsste alles daran gesetzt werden, den Regenwald als natürliche Lebensgrundlage für seine schutzbedürftigen Bewohner zu erhalten, und sie nicht lebenslang hinter *Zuchthaus*-Gittern halten. „Lebenslänglich" bekommen nur „Schwerverbrecher!"

## Spiel mir das Lied vom ...

Wer kennt sie nicht, die klagenden Töne aus einer Mundharmonika, die bei mir auch heute noch eine Gänsehaut hervorrufen?

Wer erinnert sich nicht an die drei Reiter, die an einem Bahnhof im Wilden Westen haltmachen, ihre Pferde anbinden, warten. Ein Windrad quietscht. Eine Wasserleitung tropft. Ein Hund heult. Eine Fliege summt. Einer der Reiter knackt mit seinen Fingergelenken. Eine Lokomotive pfeift. Ein Zug rollt heran. Er hält kurz an. Fährt weiter. Von irgendwoher ertönt eine Mundharmonika mit drei langgezogenen Tönen, die Mark und Bein erschüttern ...

Und Mitte Juli 2020 ertönten sie wieder, die Töne aus der Mundharmonika, sie begleiteten in den Funkmedien die Meldung zum Tod ihres Schöpfers, des Komponisten Ennio Morricone.

Es ist schon einige Zeit her, dass ich zum letzten Mal bei dieser Melodie Gänsehaut bekommen habe.

Ein Jahr nach meinem Herzinfarkt, den ich gut überstanden hatte, stand eine Kontrolluntersuchung an. Auch bei der Kontrolluntersuchung musste erneut ein Herzkatheter durchgeführt werden. Es sollte untersucht werden, ob die beim ersten Herzkatheter gesetzten Stents (kleinste Kunststoffhüllsen) noch durchgängig sind oder ob eventuell neue Stents eingesetzt werden mussten.

Ich saß allein im Wartezimmer des Kardiologen, des Herzspezialisten und las mir das Merkblatt „Herzkatheter" durch. Und je mehr ich las, desto mulmiger wurde es mir. Was bei einer Untersuchung so alles passieren kann! Beim Herzkatheter wird eine Sonde in die große Beinvene eingeführt, dann wird diese Sonde vorsichtig bis ins Herz vorgeschoben, trotz aller Vorsicht und Kompetenz, kann es zu Verletzungen der Herzkranzarterien kommen und damit verbunden Blutungen in den Herzbeutel, was dann eine stundenlange Notoperation am offenen Herz notwendig macht. All das war mir zuvor nicht so bewusst gewesen ...

Ich las das Merkblatt sehr konzentriert, sodass ich die Filmmelodien, die aus einem Lautsprecher tönten, gar nicht beachtete. Plötzlich bekam ich eine Gänsehaut. Da war sie wieder, die Filmmelodie: „Spiel mir das Lied vom Tod" Ich sprang auf, stürzte an die Rezeption und herrschte die Arzthelferin an: „Stellen Sie bitte sofort die Musik ab."

„Ja, warum denn?", fragte sie.

„Das ist die Titelmelodie des Films: Spiel mir das Lied vom Tod. Kennen Sie die nicht?"

Ganz verdattert schaltete sie die Musik ab.

# Ein Doppelleben

Wer zum Friseur geht, möchte frisiert werden. Da warten aber auch Überraschungen. Man erfährt immer etwas Neues. Ein guter Friseur ist wie eine wunderbare Nachrichtenbörse. Angeblich unterliegen Frisöre laut Polizeiverordnung zwar einer Schweigepflicht. Davon war mir bis vor kurzem nichts bekannt. Ganz leutselig erzählte mir eines schönen Tages mein befreundeter Friseurmeister eine Geschichte über eine Person, die auch ich kannte. Ungläubig staunend lauschte ich ihm, denn was ich da vernahm, hätte ich dieser Person niemals zugetraut.

Frau B. war eine Kleinbäuerin, allerdings nur für den Eigenbedarf. Sie lebte in einem alten etwas heruntergekommenen Bauernhaus, mit einem Misthaufen und einem Schweinestall vor ihrem Haus. Sie war weit über sechzig und sie hatte vier schon erwachsene Kinder, die von drei verschiedenen Männern stammten. Ob sie in jungen Jahren attraktiv war, oder ob die Männer nur auf ihr

Geld aus waren, weil sie als wohlhabend galt, war mir nicht bekannt. Immerhin hatte sie mehrere große Bauplätze und eine Sandgrube. Sie galt zudem als große Blumenfreundin und sie unterhielt sich gelegentlich mit meiner Frau „von Blumenfreundin zu Blumenfreundin".

Sie war eine imposante Persönlichkeit, die durch ihre Körperfülle auffiel und wegen ihres großen Kropfes. Ihre grauen Haare waren blau gefärbt, mit Dauerwellen und Löckchen verziert. Meistens trug sie ein Kopftuch. Sie hatte kein Auto, nur einen schweren Traktor und nur für ihn hatte sie einen Führerschein. Mit ihrem Traktor erledigte sie alles, was andere mit dem Auto machen.
Jeden Samstag ging es damit morgens zum Friseur, wo sie ihr „Medusenhaupt" mit Dauerwelle und Farbe verschönern ließ. Warum sie das allwöchentlich tat, erfuhr mein Figaro Freund bei einer dieser Begegnungen. Die Bäuerin verriet, dass sie jeden Samstag am späten Nachmittag eine weiße Bluse und einen schwarzen Plissee-Rock anzog

und darüber einen grünen Armee-Anorak. Über das gelockte, blau leuchtende Haar stülpte sie dann eine abgeschabte, lederne Motorradkappe. 4711 Kölnisch-Wasser legte sie noch auf, um den Geruch nach Kuhstall zu übertünchen, der sie meist umwehte. Zuvor hatte sie noch mindestens zehn blaue Hunderter in ihr handgehäkeltes Täschchen gesteckt. Dann schwang sie sich auf ihren schweren Traktor und ab ging es in die „Spielbank" nach Saarbrücken, hinein ins „Doppelleben"! Die Croupiers nannten sie nur die „zockende" Bäuerin. Roulette, Poker und Bakkarat waren ihre Leidenschaft. Ob sie gewonnen oder verloren hat, das hat sie nicht erzählt. Aber wie man so hört, bleibt das meiste Geld letztlich in der Spielbank hängen.

# Wie ein Lottogewinn

„Pünktlichkeit ist die Höflichkeit der Könige",
pflegte mein Mütterlein zu sagen. Mir war es
allerdings nicht vergönnt, König zu werden.

Eines Tages war ich sehr pünktlich. Und oh Wunder, ich konnte mein Auto auf meinem Lieblingsparkplatz abstellen. Ich hatte auch gleich das silberne Eurostück zur Hand, um die Parkuhr zu bedienen. Es schien ein echter Glückstag zu werden.

Vor dem Automaten steht einer dieser hässlichen, großen, runden Betonblumenkübel, bepflanzt mit „stinkender Hoffart," wie wir diese Art Blumen als Kinder zu bezeichnen pflegten.

Vor dem Kübel kauerte ein kleiner, südländisch aussehender Bettler. Er sitzt dort immer. Das ist sein Stammplatz. Meistens versteckt er sich geschickt hinter den Blumen und ich erschrecke jedes Mal ein wenig, weil ich ihn erst bemerke, wenn ich mich an ihm vorbeizwänge, um die Münze in den Automaten zu stecken. Immer sitzt er da mit hochgekrempelten Hosenbeinen, aus denen er zwei dünne, dunkelbraune Beinchen herausstreckt, die schmächtiger sind als meine Unterarme. Ob er in seiner Kindheit eine Krankheit durchgemacht hat, vielleicht Muskelschwund oder Rachitis? Nach einer Schrecksekunde kämpfe ich immer mit mir: Geb ich dem armen Kerl, mit den Spindelbeinchen ein Geldstück? Eigentlich schon, aber dann denke ich: Der gehört zu der „Rumänischen Bettlermafia," die morgens mit einem Kleinbus in die Stadt gekarrt und systematisch an strategische Punkte mit viel Fußgängerverkehr verteilt wird. Ich habe das schon mehrfach beobachtet.

Auf dem Weg zur Parkuhr drücke ich mich an dem Bettler vorbei. Ich beachte ihn gar nicht und will schnell den Parkschein ziehen.

Doch heute klappt es nicht. Ich bleibe verdutzt vor der Parkuhr stehen, drehe meinen Kopf zur Seite und sehe in das siegesgewisse lächelnde Gesicht des Bettlers, der mir ein freudiges „Kaputt" entgegenruft. Tatsächlich war der Automat außer Funktion.

Was nun? Erstmal die Parkscheibe für zwei Stunden markieren und an die Frontscheibe meines Autos anbringen. Und was mach ich mit der Zwei-Euro-Münze, die werfe ich dem Bettler in seinen Pappbecher. Der lächelt. „Dankee scheen", tönt es aus seinem fast zahnlosen Mund und blitzartig lässt er das Geldstück in seiner Hosentasche verschwinden. Zwei Euro auf einmal. Ein echter Glücksfall! Oder ist das sogar geschäftsschädigend? Als ich zu meinem Auto gehe, steuert ein anderer Autofahrer den Parkautomaten an. Beim Anbringen der Parkscheibe beobachte ich den nächsten Autofahrer, der an dem Parkautomaten steht. Er stutzt kurz, wendet sich zum Bettler – und auch er wirft sein Geldstück in den Pappbecher. Wieder landet das Geldstück flugs in des Bettlers Hosentasche. Was für ein Tag! „Möge der Automat für immer defekt bleiben", mag er sich gewünscht haben. Ein echter „Zahltag", fast wie ein Lottogewinn.

# Der schwäbische Gentleman
# Gustav Rau

Wer erinnert sich noch an Gustav Rau? Er teilt das Schicksal vieler Personen der Zeitgeschichte, die nach ihrem Tod aus dem Fokus und der Aufmerksamkeit von Öffentlichkeit und Medien geraten und nicht selten vergessen werden.

Der promovierte Ökonom, geboren am 21. Januar 1922 in Stuttgart, arbeitete lange im aufstrebenden Unternehmen seines Vaters, der S-pezial W-erkzeug F-abrik SWF, die sich erfolgreich in der Automobilzulieferung etabliert hatte, u.a. wurden Winker, Abblendlicht, Waschanlage, Tachometer produziert.

Im Alter von vierzig Jahren entschloss er sich, diese Karriere zu beenden, um Medizin zu studieren und Kinderarzt zu werden. Er verkaufte die väterliche Fabrik und widmete sein Leben und sein Vermögen zwei Leidenschaften. Sein soziales und humanitäres Engagement als Arzt und Tropenmediziner widmete er den darbenden Kindern in Afrika. Inspiriert hat ihn Albert Schweizer, den er noch kurz vor dessen Tod in Lambarene besuchen konnte. Er ging zunächst als Arzt nach Nigeria und erfüllte sich einen Traum, als er 1980 in Ciri im Osten von Zaire, der heutigen Demokratischen Republik Kongo mit dem Bau eines Hospitals begann, um dann dort viele Jahre erfolgreich gegen Kindersterblichkeit und Hunger zu kämpfen.

Seine zweite Leidenschaft galt der Kunst. Das Verständnis und die Liebe dazu hatte ihm seine Mutter in die Wiege gelegt. Sie war die Tochter eines Professors für Harfe aus Antwerpen und weckte früh seine Liebe zu den Künsten. Er begann Bilder und andere Kunstwerke zu sammeln. Er trug über die Jahre eine herausragende Kollektion, die inzwischen hoch berühmte Sammlung Gustav Rau zusammen, die er dem Kinderhilfswerk UNICEF gesamt vermachte, aber zugleich der Öffentlichkeit zugänglich gemacht hat. Sie ist in den „Kunstkammern" des Arp

Museums in Remagen in Wechselausstellungen zu bewundern.

Im Folgenden soll eine Begegnung mit Gustav Rau während meines Medizinstudiums in München geschildert werden. Dazu kam es beim „Heinzler Kurs", einem Repetitionskurs an der Uni-München. Dieser Kurs war eine Münchner Besonderheit und meines Wissens einmalig in der ganzen Bundesrepublik. Er wurde von dem Arzt Dr. med. Heinzler geleitet, und zwar völlig unabhängig vom Universitätsbetrieb. Heinzler war kein Angestellter der Universität. Der Kurs war rein privat und ausschließlich theoriebasiert und fand in einem Büroraum statt; auf dem Stundenplan standen die Fächer Chirurgie, Innere Medizin und Kinderheilkunde.

Sommersemester 1966 „Heinzler Kurs"...

Wie gewöhnlich kam ich am ersten Tag des Repetitionskurses etwas zu spät. Es war nur noch ein Stuhl neben einem Studenten frei, der auf den ersten Blick die 40 überschritten haben musste, während die allermeisten Studenten zwischen 20 und 30 waren. Dieser ältere Student war sehr groß und schlank. Die Stirn zierten ausgedehnte Geheimratsecken. Auf einer Adlernase saß eine dunkle Hornbrille, heute weiß ich, was eine solche Brille kostet. Am Handgelenk eine flache Armbanduhr, vielleicht schweizer Provenienz? Er hatte ständig ein weißes, blütenreines Hemd an, eine Fliege, einen englischen Club Blazer und Hosen mit Bügelfalte. Im Gegensatz zu meinen Schuhen waren seine ständig geputzt. Weiter hatte er immer einen Stockschirm dabei und besaß, was nur ich wusste, einen 20 Jahre alten, top gepflegten schwarzen Mercedes 170, auch damals schon ein Oldtimer.

Dagegen mein Outfit: Meist ein verwaschenes T-Shirt, Jeans, die Heimweh nach der Waschmaschine hatten und ausgetretene Schuhe. Für den Regen hatte ich einen grünen amerikanischen Nylon-Parka. Ganz ähnlich sah das Outfit der anderen Studenten aus.

Die Kleidung dieses älteren Studenten aber glich eher der eines englischen Gentlemans.

Doch schon die ersten Worte aus seinem Mund verrieten ihn: Das war nicht Oxford Englisch, nein, das war das reinste Schwäbisch. Ein Schwäbisch, das man in der Gegend um Stuttgart spricht. Ich konnte es beurteilen, weil ich selbst im Schwabenland aufgewachsen bin und schwäbisch „schwätzte". Die gemeinsame Sprache hat uns direkt verbunden. Dieser „schwäbische Gentleman" konnte aufgrund seines Outfits und seines Autos kein armer Student sein. Aber das war es nicht, was mir an ihm gefiel. Nein, ich spürte intuitiv, dass er ein ganz „besonderer Mensch" war, einer der mich geradezu faszinierte. Ganz anders als die anderen Kommilitonen, die ihn etwas spöttisch als „alten Herrn" behandelten, war ich stets höflich zu ihm, genauso wie Dr. Heinzler, der ihn sehr respektvoll mit „Herr Dr. Rau" anredete.

Im Laufe der Zeit stellte es sich heraus, dass er eine Vielzahl der besten deutschen und englischen

Lehrbücher hatte. Und das war nicht das Einzige, er hatte auch Modelle eines Auges und eines Ohres. Solche Modelle hatten wir in den Kursen. Man konnte sie aufklappen und einzelne Teile herausnehmen, zum Lernen waren diese Modelle ideal. Nachdem ich sein Vertrauen erworben hatte, war er bereit, mir Lehrbücher und auch die Modelle auszuleihen. Aber es war für beide eine win-win Situation, denn ich war ein wandelndes Auskunftsbüro in Sachen Staatsexamensfragen. Mich konnte man alles fragen, was mit dem Staatsexamen zusammenhing. Wie der Professor X in der Prüfung ist, welches sein Spezialgebiet ist und ob er über sein Spezialgebiet auch prüft. Ich kannte alle Paragraphen der Prüfungsordnung auswendig. Weiter konnte man mich fragen, zu welchem Klinikassistenten man gehen musste, wegen einer Krankenbescheinigung, um einen Prüfungstermin zu verschieben. So war ich für ihn eine wichtige Person, denn Dr. Rau pflegte keinerlei Kontakte zu anderen Studenten, er war überaus vorsichtig und vertraute niemandem.

Damals wusste ich nicht, warum er so vorsichtig und so unnahbar war. Erst heute nach den Recherchen über sein Leben weiß ich, wer er wirklich war ...

Am letzten Tag des Repetitionskurses tauschte man Adressen und Telefonnummern der Wirtsleute aus (Handys gab es damals noch nicht). Dr. Rau notierte sich meine Adresse und die Telefonnummer meiner Wirtin, aber seine Adresse und seine Telefonnummer gab er mir nicht. Ich sprach ihn darauf hin an, aber er sagte ausweichend, er ziehe gerade um, hätte noch kein Telefon und das mit seiner neuen Wohnung wäre auch noch nicht sicher. Er würde mich in den nächsten Tagen einmal anrufen ...

Ich war mir sicher, dass das Ganze nur eine Ausrede war, er wollte mir weder Telefonnummer noch Adresse angeben.

Etwas später rief er bei meiner Wirtin an. Ich war nicht zu Hause. Er braucht ganz dringend das Modell des Ohres, ich solle es ihm doch in die nördliche Auffahrtsallee 49 bringen, er wäre krank und sein Auto in Reparatur. Ich packte das Modell und fuhr mit der Straßenbahn zum Nymphenburger Schloss, in die Auffahrtsallee. Und da stand ich vor der Nummer 49. Ein schönes einstöckiges Haus mit ausgebautem Dachstuhl und die 49 war mit der Nummer 47 durch ein Glaspavillon verbunden. Eine noble Gegend, doch keine Schickimicki Gegend, wie andere Wohngegenden in München!

Ich klingelte. Es tat sich aber nichts. Erst nach einiger Zeit eine Stimme aus der Sprechanlage: „Hallo, wer ist da?"

Ich nannte meinen Namen und sofort öffnete sich die Haustür. Dr. Rau stand im Bademantel in der Wohnungstür, entschuldigte sich, dass er mich so empfange und dass er mich hätte warten lassen, aber „ich bin krank, ich habe die Grippe". Dann führte er mich in sein Arbeitszimmer, das sehr geräumig war. An einem sonnendurchfluteten Fenster stand ein Schreibtisch. An den Wänden Bücherregale mit medizinischen Lehrbüchern und Reihen voller Kunstbände. An einer freien Wand hing ein nicht sehr großes Ölgemälde, auf dem der Kopf einer Frau abgebildet war. Vor diesem Bild blieb ich wie gebannt stehen und mir entfuhr ein lautes „Oh, ein echter Holländer!" (Heute weiß ich, dass es sich um „die Köchin" ein Gemälde eines Rembrandt-Schülers handelte.) Noch bevor ich meinen offenen Mund schließen konnte, wiegelte Dr. Rau im breitem Schwäbisch ab: „O dös isch koi Original, dös isch ä Nochbuil-dung, ä Replikat."

Mir konnte man aber schon damals kein X für ein U vormachen. Schließlich war ich selbst Sammler von allerlei antikem Zeug, Bilder, Drucken und ich hatte auch einen kleinen Schatz, auf den ich sehr stolz war, eine Original-Lithographie von Ernst Barlach mit Signatur. Nach der Übergabe des Modells komplementierte er mich mit einem „Ade" ziemlich rasch wieder hinaus.

Nach diesem Besuch telefonierten wir noch einige Male. Auch er hat das medizinische Staats-examen bestanden, was für ihn sicher nicht so leicht war, denn er war schließlich 20 Jahre älter als der Durchschnitt der Medizinstudenten.

Ich hätte ihn vergessen, wenn ich nicht einmal von der Oberärztin der Inneren Klinik des von Nonnen des dritten Ordens geführten Krankenhauses, in dem ich damals als ganz junger Assistenzarzt arbeitete, angefahren worden wäre: „Sie stellen sich noch blöder an als dieser Doktor Rau."

Ich schluckte, nicht nur wegen der Rüge und fragte dann: „Hieß der Doktor Rau zufällig Gustav mit Vornamen?"

„Was weiß ich, ob dieser Dr. Rau mit Vornamen Gustav hieß, er war auf jeden Fall um einiges älter als ich und nur Assistenzarzt", entgegnete sie etwas unwirsch.

Ich war mir ganz sicher, es musste der Dr. Rau aus dem Heinzler Kurs sein, der Besitzer eines „echten, alten Holländers".

Dann verlor ich ihn aus den Augen. Nur einmal las ich an meinem Ferienort in Südfrankreich, Anfang des neuen Jahrtausends in der „Bildzeitung" (die einzige Zeitung, die es dort gab), dass ein gewisser Dr. Rau mit dem Schweizer Staat wegen einer sehr großen Kunstsammlung im „Clinch" liegt. Zu meiner Schande muss ich gestehen, dass ich mich erst in jüngster Zeit näher mit meinem Kommilitonen „Dr. Dr. Gustav Rau", dem „schwäbischen Gentleman", befasst habe.

# Der schreibende Opa von 10 + Eins

*Illustration von Dr. Peter Hilzensauer*

# Das Pünktlichkeits-Gen

Für meinen Großvater gab es immer nur zwei Sorten von Menschen: Die Ordentlichen, die pünktlich sind und die Unordentlichen, die es mit der Pünktlichkeit nicht so genau nehmen. Ich gehöre eher zu den Letzteren. Oft habe ich mich gefragt, warum das so ist. Ich weiß es nicht. Mag sein, dass es die Psychologen wissen, die haben doch auf alle(?) Fragen eine Antwort. Aber deswegen zu einem Psychologen zu gehen, um mich wegen meiner Unpünktlichkeit beraten zu lassen, das hielt ich doch für übertrieben.

Ich habe meine eigene Theorie entwickelt. Heute ist viel die Rede von den Genen, in der Biologie, auch in der Medizin, wo ein Impfserum gegen das Coronavirus auf Gen-Basis entwickelt wurde. Könnten die Gene nicht auch bei der Pünktlichkeit eine wichtige Rolle spielen? Wahrscheinlich gibt es ein Pünktlichkeits-Gen! Nur leider ist es noch nicht entdeckt. Aber eines Tages wird es soweit sein und dann wird man verstehen, dass die Unpünktlichkeit durch das Fehlen des Gens schon sehr früh angelegt ist.

Wer mit der Unpünktlichkeit leben muss, lernt schon sehr früh, und zwar unbewusst, wie man sich so einrichten kann, dass dieser Mangel möglichst vertuscht wird. Man erfindet Geschichten, ernste und heitere, übt sich in der Kunst des Schauspielers, mimt den Betrübten, den Zerknirschten, den Kranken, den Harmlosen, den Freundlichen und manches mehr, um dem Vorwurf der Unpünktlichkeit zu entgehen, wichtig ist nur, dass es plausibel klingt.

Schon in meiner frühsten Jugend habe ich auch diese Kunst erlernt und emsig genutzt. Dazu eine kleine Geschichte:

Ich war das erste Jahr in der Schule. Ich kam häufig zu spät, weil ich trödelte und die Zeit verträumte. Dafür gab es dann Strafarbeiten, Nachsitzen oder die Androhung einer Tatze, das war ein Schlag mit dem Rohrstock auf die Hand. Wieder einmal war ich spät dran. Ach, lieber Gott, was für eine Strafe würde die Lehrerin mir heute aufbrummen? Doch da kam mein rettender Engel, in Gestalt eines Herrn mit langem, grauem Haar, einem Spitzbart und einer komischen Brille. Eine Brille, bei der man die Gläser hochklappen konnte. In der Hand, eine kleine Blechkanne mit Milch. Er hatte gerade beim Bauern Milch geholt. Es war in der schlechten Zeit nach dem Krieg, damals konnte man keine Milch kaufen. Wenn man Glück hatte, konnte man etwas Milch vom Bauern bekommen. Die Bauern mussten ihre gesamte Milch abliefern, sie durften nur so viel behalten wie sie für ihre eigene Familie benötigten, und das wurde von der Besatzungsbehörde vorgeschrieben.


„Grüß Gott! Ach bitte, können Sie mir sagen, wieviel Uhr es ist?" Sehr höflich und mit einem leicht weinerlichen Unterton stellte ich dem Herrn mit dem Milchkännchen diese Frage.

Er schaute auf seine Taschenuhr und sagte: „Zwanzig nach acht."

„So spät!" Und schon kullerten dicke Tränen über meine Wangen. Denn was wird es heute für eine Strafe geben, diese Gedanken förderten noch die Tränenflut. Die Tränen zeigten ihre Wirkung, der Herr mit der komischen Brille, selber ehemaliger Schulrektor, wie sich viel später herausstellte, nahm mich bei der Hand und ging mit mir zur Lehrerin.

„Ach, Frau Kollegin, Sie dürfen dieses freundliche Kind nicht bestrafen. Es hat sich verspätet. Es gibt sicherlich einen Grund für diese Verspätung." Meine Lehrerin nickte nur und meinte leicht empört: „Dieser Bub kommt immer zu spät in die Schule."

Was sie nicht wissen konnte und was ich heute weiß; mir fehlt das „Pünktlichkeits-Gen"!

Auch an eine andere Geschichte erinnere ich mich noch genau.

Ich war damals in der 4. oder 5. Klasse (heute 8. oder 9. Klasse) im Gymnasium. Erste Stunde

Biologie, zweite Stunde Griechisch bei dem gefürchteten Griechisch-Lehrer. Und ich hatte wieder einmal keine Hausaufgaben für Griechisch gemacht. Also bin ich mit dem Hausaufgabenheft des Primus vor der ersten Stunde auf dem Lokus (sprich Toilette) verschwunden und habe noch schnell die Hausaufgaben abgeschrieben.

Folglich bin ich fast eine viertel Stunde zu spät gekommen und der Biologieunterricht hatte längst begonnen. Also musste ich eine glaubhafte Geschichte erzählen.

In der Deutschstunde lasen wir zu dieser Zeit die Komödie „Der zerbrochene Krug" von Heinrich von Kleist. In einer Szene wird der Dorfrichter vom Revisor gefragt: „Wo hat er denn seine Perücke gelassen?"

Daraufhin der Dorfrichter: „Die Katze hat darin gejungt."

Just an diese Stelle erinnerte ich mich in diesem Moment.

„Wo kommst du denn jetzt her?", fragte eindringlich der Biologie-Lehrer.

„Unsere Katze hat"... es lag mir auf der Zunge, „gejungt" zu sagen, dann hätten alle gelacht und der Lehrer hätte meine Entschuldigung nicht angenommen. So ergänzte ich: „... Junge bekommen und sie hat mir sechs kleine noch blinde Katzenkinder gezeigt".

„Ach ja, erzähl mal!"

Ich setzte eine ernste Miene auf, denn die Klassenkameraden durften ja nicht lachen, sonst wäre alles „für die Katz" gewesen. Ich tischte dem Lehrer, weil das gerade passte, die Geschichte auf, die mir tags zuvor unsere Nachbarin erzählt hatte:

„Unsere Katze Minka strich mir heute Morgen um die Beine und maunzte ganz erbärmlich. Sie verschmähte ihre Schälchen Milch und maunzte unentwegt weiter. Plötzlich war sie verschwunden. Kurz danach kam sie wieder und hatte etwas im Maul, das aussah wie eine Maus. Es war aber keine Maus, sondern ein winzig, blindes Katzenjunges, das sie mir vor die Füße legte. Ich stand da und bewegte mich nicht und noch bevor ich das

Ganze begriffen hatte, hatte sie mir schon ihr zweites Junges vor die Füße gelegt. Nun ging ich ihr aber nach. In einer Ecke fand ich ein kleines Nest aus einem Handtuch und einem alten Kissen. In dem Nest befanden sich noch vier kleine nackte Kätzchen." Der Biologie-Lehrer war ganz angetan von der Geschichte und nahm sie als Entschuldigung an.

Hätte ich meine Hausaufgaben pünktlich und ordentlich gemacht, dann wären aber meine Klassenkameraden und der Biologie-Lehrer nicht in den Genuss dieser schönen glaubhaft klingenden Geschichte gekommen.

Viele Jahre später wäre mir meine Unpünktlichkeit um ein Haar zum Verhängnis geworden. Am Vorabend meiner mündlichen Staatsexamensprüfung im Fach „Hygiene" an der Uni in München, holte mich mein Freund, der Grundschullehrer war und dessen Unterricht erst um neun Uhr begann, wie gewöhnlich um 23 Uhr ab, um noch ein oder zwei Biere in unserer Stammkneipe zu

trinken. An diesem Abend war unsere Stammkneipe geschlossen. „Betriebsferien".

Mein Freund: „Ach, weißt du was? Wir wollten
doch schon immer in den Jazzkeller der Amis
nach Fürstenfeldbruck fahren, das könnten wir
heute doch einmal machen." Ohne über eventu-
elle Folgen nachzudenken, fuhr ich in dem alten,
klapprigen VW in das 30 km entfernte Fürstenfeldbruck. Kurz vor Mitternacht kamen wir am
Jazz Keller an. Ach du Scheibenhonig! Es war
Montag und der Jazzkeller hatte Ruhetag. Also
wieder ab nach Hause, nicht bevor wir an einer
Raststätte noch ein Bier getrunken hatten. Endlich
lag ich um 1:30 Uhr im Bett und am nächsten
Morgen begann um 8 Uhr in der Früh schon die
Prüfung. Obwohl ich den Wecker auf eine Mar-
meladenbüchse gestellt hatte, damit er lauter
wecken sollte, habe ich ihn überhört. Um 7:30
Uhr stürmte meine Wirtin mit einem „Sie haben
doch heute Prüfung!" in mein Zimmer. So schnell
wach war ich noch nie in meinem Leben. Ich
überlegte krampfhaft, was zu tun ist. „Ach, Frau

Wutz", so hieß meine damalige Wirtin, „könnten Sie nicht Ihren Sohn anrufen, dass er mich mit seinem Taxi in die Stadt fährt?" Noch während ich mich anzog, rief sie ihren Sohn an. Der auch schon nach fünf Minuten mit seinem Taxi vor der Tür stand, denn Gott sei Dank, wohnte er gleich um die Ecke. Mit Karacho ging's los. Schon von weitem sahen wir, dass am Kieselbach-Platz ein schwerer Unfall passiert sein muss, ein Lastwagen war in eine Straßenbahn gefahren. Mehrere Sanitätsautos und Polizeiautos mit Blaulicht standen an der Unfallstelle. Geistesgegenwärtig bog mein Taxifahrer in eine kleine Seitenstraße ein und umfuhr geschickt die Unfallstelle. Und mit rasantem Tempo fuhr er mich zum Institut, wo die Prüfung schon angefangen hatte. Unentschuldigtes Zuspätkommen wurde sehr hart bestraft. Die Prüfung in diesem Fach galt dann als nicht bestanden und sie musste wiederholt werden. Also musste ich dem Herrn Professor eine plausible Entschuldigung vortragen. Im Prüfungszimmer saßen der Herr Professor und die drei anderen Prüflinge. Einer der Prüflinge war mein bester Freund, und die Lady in unserer Gruppe war meine damalige Freundin und heutige Frau, mit der ich neulich goldene Hochzeit gefeiert habe. Alle schauten mich erwartungsvoll, mit prüfender Miene an. Nun war es an mir, das Meisterwerk zu vollbringen. Ich setzte eine gestresste Miene auf und schilderte dann mit abgehackten Sätzen: „Am Kieselbach-Platz ist ein schwerer Unfall passiert, ein Lastwagen ist in einen Straßenbahnwagen gefahren und ich war einer der Ersten am Unfallort." Das mit dem Unfall hat ja noch gestimmt, dann folgte aber die phantastische Geschichte, die ich noch dazu erfand. Eine kleine Notlüge! Sie musste sein. So schilderte ich in der Art einer Reportage, dass ich erste Hilfe geleistet habe und dies auch der Grund meiner Verspätung sei. Der Herr Professor, meine damalige Freundin, heutige liebe Ehefrau und die beiden Mitstreiter haben mir die Geschichte sofort abgenommen. Ich hatte sie auch sehr glaubhaft vorgetragen. Der Professor fragte noch ganz fürsorglich: „Herr Kollege, meinen Sie, Sie können an der Prüfung überhaupt teilnehmen?" Ich versicherte ihm, dass ich das wohl könnte. Die Fragen, die er mir stellte, waren dementsprechend leicht und so bin ich mit einem „Gut" abgezogen.

Nachdem wir das Institut verlassen hatten, erzählte ich allen die wahre Geschichte. Meine Freundin war entsetzt über so viel Dreistigkeit und Leichtsinn, sie war sehr lange böse mit mir. Ich habe ihr dann hoch und heilig versprochen, während des Staatsexamens nicht mehr auszugehen und mich streng daran gehalten. Ich schaffte das Examen dann auch ohne größere Probleme.

Ob meine Unpünktlichkeit tatsächlich einem Gen geschuldet ist, bleibt letztlich ein ungelöstes Problem. Mag aber auch sein, dass meine französischen Vorfahren, die Hugenotten, mir neben der Frankophilie auch die Unpünktlichkeit in die Wiege gelegt haben, denn seit ich wegen meiner bilingualen Chansontexte häufig mit meinen französischen Freunden zusammen bin, ist mir aufgefallen, dass man es in Frankreich mit der Pünktlichkeit nicht so genau nimmt.

# Keltengrab PSP002

Wenn ich den Blick von unserem Garten in die freie Landschaft lenke, drängen sich vier riesige Windräder ins Blickfeld. Sie erzeugen mit ihren gewaltigen Rotorblättern sauberen Öko-Strom. Fromme Nachbarn haben ihnen die Namen der vier Evangelisten Lukas, Markus, Matthäus und Johannes gegeben.

Als die Pläne für die Windkraftanlagen bekannt wurden, ging es hoch her. Ich erinnere mich noch genau an den Tag, als ich von meinem Nachbarn erfuhr, dass riesige Maschinen zur Rodung eines großen Waldstücks am Hohen First hinter dem „Sauwasen" im Einsatz seien. Dieses Gelände ist im Saarland bekannt, weil dort alljährlich das Rock-Festival „Rocco del Schlaco" über die Bühne geht.

Die Neugierde trieb mich sogleich zum „Tatort". Meine schwarz-weiß gescheckte Hündin begleitete mich. Außer Atem und keuchend erreichte ich den Hohen First, einen kegelförmigen

Sandhügel mit altem Buchenbestand. Der Schreck fuhr mir in die Glieder. Ich sah eine gigantische Schneise im Buchenwald. Verschwunden waren die mir vertrauten altehrwürdigen grünen Titanen. „Keine Steinpilze mehr!", schoss es mir durch den Kopf. In diesem Waldstück hatte ich bislang jedes Jahr im Sommer immer reichlich Exemplare dieser wunderbaren Pilze gefunden.

Und jetzt: Auf einer kahlen Fläche so groß wie drei Fußballfelder waren nur noch Wurzelreste. Ich sah, wie eine überdimensional große Egge den Waldboden aufriss. Es schmerzte mich. Was war mit meinem Wald passiert? Einfach zerstört für eine schnöde Windkraftanlage! Ich war zornig, ohnmächtig gegenüber dem Energiekonzern, der sich das anmaßte. Ob man noch einen Baustopp erwirken könnte?

Ganz in Gedanken achtete ich nicht auf meine Schritte und stolperte plötzlich über eine kleine Steinplatte, die aus dem Sandboden hervorragte. Ich schlug der Länge nach hin, fluchend rappelte ich mich auf. Was war denn das? Woher kam der Stein? Seltsam, wo doch der gesamte „Hohe First" fast nur aus Sand besteht…

Neugierig zog ich den harten Stein mühsam aus dem Boden. Da entdeckte ich einen weiteren trapezförmigen Stein, auch der war sehr hart, aber dieser Stein war sogar behauen, die Seiten waren glatt und zeigten Spuren von Bearbeitung. Stammten die Steine etwa aus einem Keltengrab?

Auf dem Heimweg kam ich an einem „Schau-Grab" am Fuße des Hohen First vorbei. Dort hat man versucht, ein Fürstengrab aus der Keltenzeit mit Wagen und Puppe nachzubauen. Vor dieser versuchten Rekonstruktion ist ein Gitter angebracht und dahinter liegen Steine, die bei der Ausgrabung eines Keltengrabes gefunden wurden. Ob sie von derselben Art wie mein „Stolperstein" sind?

Von dem Gedanken fasziniert, und ohne irgendjemand zu fragen, nahm ich mir einfach eine von den kleinen Steinplatten und eilte zu der Stelle auf dem „Hohen First", wo ich über den Stein gestolpert und gestürzt war. Ich verglich die Steine. Bingo, ihre Farbe und Konsistenz waren exakt dieselben. Ich zückte mein Handy und machte ein Foto von beiden Steinen und sendete es an einen Archäologen, den Schwiegersohn des Cousins meiner Frau, mit der Frage, ob es sich um Steine aus einem Keltengrab handeln könne? Seine prompte Antwort: „Eher nein."

Ich fing meine Hündin ein, die sich selbstständig gemacht hatte. Unzufrieden und ernüchtert trat ich den Heimweg an. Am besten, sagte ich mir, ich lasse die ganze Sache im Sand verlaufen. Vielleicht hat der Archäologe ja Recht? Oder wollte er mich nur abwimmeln? Nur kein Ärger mit dem Energiekonzern, der das Projekt vorantreibt! Dem Vernehmen nach sei da nichts zu machen, man laufe höchstens Gefahr, sich eine Schadensersatzforderung einzuhandeln. Ein Tag Arbeitsausfall werde mit 100 000 und mehr Euro angesetzt.

Aber nach einigen Tagen kam meine „Terrier Mentalität" wieder hoch. Wenn ich mich an etwas

„festgebissen" habe, dann lasse ich so leicht nicht mehr los. Also wieder hinauf auf den Hohen First.

Aber was sah ich da! Mammut-Bagger, die den Boden umgepflügt hatten und Walzen, fast so hoch wie Einfamilienhäuser, die die mit der Egge aufgelockerte Erde wieder fest gewalzt hatten. Und da, ganz in der Nähe von der Stelle, wo ich meine erste Steinplatte entdeckt hatte, lagen 20-30 behauene Steine jeder Größe, die verteilt auf ein Feld von circa 50 Quadratmeter waren. Jetzt war mir klar, dass die Steine aus einem Keltengrab stammen mussten. Ich zückte mein Handy und machte mehrere Fotos, die ich wieder an den Archäologen schickte, aber ich bekam leider keine Antwort. Er war im Urlaub.

Ich überlegte mir, wie ich das Keltengrab doch noch vor der totalen Verwüstung retten könnte? Mir kam die glorreiche Idee, die Fotos mit Kommentar an die Bildzeitung zu schicken. Ich sah schon die Schlagzeile in großen Lettern: „Bagger schänden Keltengrab!"

Ich rief in der Redaktion der Bild-Zeitung an. Aber die arrogante Redakteurin fragte nur etwas schnippisch: „Sind Sie Archäologe? Können Sie beweisen, dass es sich um ein Keltengrab handelt? Haben Sie Knochen, Münzen, oder Ringe gefunden? Wissen Sie, wir bekommen täglich die unglaublichsten Geschichten rein; wir sind sehr vorsichtig geworden, wir wollen doch keine Zeitungsenten produzieren. Wenn Sie Beweise haben, dürfen Sie sich gern wieder an uns wenden." Sprach's und legte auf.

Nun musste ein Beweis her. Ich nahm also einen von den herumliegenden Steinen und schleppte ihn zu dem Schaugrab, holte Steine zum Vergleichen aus dem Schaugrab und machte ein Foto und stellte dazu die Frage: Welcher Stein ist aus dem vermeintlichen Keltengrab und welcher aus dem Schaugrab? Und wenn ich nicht selbst einen Stein vom Hohen First angeschleppt hätte, so hätte ich nicht sagen können, welcher Stein woher stammte. Auch dieses Foto schickte ich in die Redaktion. Aber keine Reaktion. Die Redakteurin wollte auch nicht mehr mit mir sprechen.

Am Boden zerstört ging ich nach Hause. Ein Baustopp war nicht zu erwirken.

Der Bau ging zügig voran und heute steht da ein Turm mit mächtigen Flügeln und produziert Ökostrom. An das Keltengrab erinnert nichts mehr. Die verdächtigen Steine sind untergegraben worden. In der Nähe steht ein kleines Schild mit Ziffern und Zahlen: PSP002

Den Archäologen traf ich zufällig viele Monate später auf einer Geburtstagsfeier. Ich fragte ihn vorwurfsvoll, warum er auf meine E-Mail nicht geantwortet habe? Er sei im Urlaub schwer erkrankt und mehrere Wochen im Krankenhaus gewesen. Dann zeigte ich ihm die neuesten Fotos, die ich gemacht hatte. Ich fragte ihn nach seiner Meinung: „Könnte es sich bei den Steinen um Steine aus einem Keltengrab gehandelt haben?" Die Antwort: „Ja! Mit großer Wahrscheinlichkeit."

Dazu fiel mir nur das Zitat aus Schillers Bürgschaft ein: „Zurück, zurück du rettest den Freund nicht mehr."

# Ein Obdachloser im Bienenhaus

Vor 50 Jahren, ich war noch ein ganz junger Assistenzarzt und hatte Nachtdienst in der Notfallambulanz. Einmal klingelte nachts um drei Uhr das Telefon, es weckte mich aus unruhigem Schlaf. Ich nahm erst nach einiger Zeit, noch leicht benommen, den Hörer ab. Am anderen Ende eine Stimme: „Herr Doktor, kommen Sie schnell in die Notaufnahme."

„Ja, ich komme", antwortete ich schlaftrunken und legte auf. Noch total übermüdet schlief ich sofort wieder ein. Kurze Zeit später rappelte wieder das Telefon. Dieselbe Stimme, jetzt im Befehlston: „Herr Doktor, Sie müssen sofort kommen!"

„Ein Notfall!" Hose an, T-Shirt an, und den Arztkittel gegriffen und dann hastete ich in die Notaufnahme.

Da finde ich einen kleinen Mann, von etwa fünfzig Jahren. Gesicht, Hände, der ganze Körper geschwollen, übersät mit schwarzen Punkten.

Und der Mann stinkt furchtbar nach Alkohol. Eine „Schnapsleiche" mutmaße ich.

Die Sanitäter, die den Mann in die Ambulanz gebracht haben, berichteten mir im Telegrammstil. Ein Imker hatte das Rote Kreuz alarmiert: „In meinem Bienenhaus liegt ein Mann, der stark nach Alkohol riecht und hier seinen Rausch ausschläft. Er ist total verschwollen und er atmet kaum noch." Der Imker gab uns zwar eine genaue Wegbeschreibung, wo sich das Bienenhaus befindet, aber ohne die Hilfe der Polizei, hätten wir es nie gefunden.

Da stand ich nun, ich armer, junger Assistenzarzt mit dieser Schnapsleiche, die übersät war mit Bienenstichen. Ich war zunächst ratlos, was ich mit diesem Kerl machen sollte, dabei ging es jetzt wirklich um Minuten. Aber Gott sei Dank standen mir ein erfahrener Krankenpfleger und eine ältere Krankenschwester zur Seite. Noch bevor ich in der Notfallambulanz eintraf, hatten sie bereits meinen Chef und einen Narkosearzt alarmiert, die glücklicherweise schnell zur Stelle waren. Ich war sehr froh, denn ich hätte nicht gewusst, wie ich eine Vene für die dringend notwendige Infusion bei einem solchen Patienten mit diesen heftigen Schwellungen am ganzen Körper, hätte finden sollen. Der Narkosearzt tat, was man in einem solchen Notfall geboten ist. Der notwendige Eingriff ist sehr schwierig. Mit einer langen Injektionsnadel stach er in die Vene, die unterhalb des Schlüsselbeins verläuft. Diese Venen sieht man von außen nicht. Der Arzt sticht also mehr oder weniger „blind" unter das Schlüsselbein. Routine oder Glück, denn schon beim ersten Versuch hatte er die gesuchte Vene getroffen. Dann hat er einen ganz dünnen Katheder in die Vene eingeführt. Über diesen sehr dünnen Schlauch konnten jetzt die lebenserhaltenden Medikamente in die Schlüsselbeinvene gespritzt werden. Und so gelang es tatsächlich, diesen durch hunderte Bienenstiche „verletzten" Patienten zu retten. Das „Team", mein Chef, der Narkosearzt und ich waren bis in den frühen Morgen beschäftigt.

Meine Aufgabe: den Imker zu finden, der den Notfall gemeldet hatte. Wir brauchten ihn zur Klärung des Notfalls im Bienenhaus. Nach einigen Telefonaten gelang es mir tatsächlich, den Besitzer zu erreichen, und kurze Zeit später war er da.

Der Imker brachte etwas Licht in die verworrene Lage. Der betrunkene Mann muss sich in das Bienenhaus zum Schlafen hingelegt haben. Durch die süßlichen Alkohol-Ausdünstungen wurden die Bienen angelockt.

Der Imker: „Für die Bienen war er ein Eindringling, ein Feind, sie stachen zu."

Ein Wunder, dass er noch lebte und dass er den schweren Schock überstanden hatte. Es ging ihm dann von Tag zu Tag besser. Und noch bevor er offiziell entlassen werden konnte, hat er sich heimlich aus dem Staub gemacht. Zwar hatte er außer dem Kliniknachthemd keine Kleider zur Verfügung, denn seine eigenen, lumpigen und total verschmutzten Kleider waren entsorgt worden.

Aber der Mann wusste sich zu helfen: Ohne Skrupel nahm er den Trainingsanzug und die Turnschuhe seines Bettnachbars aus dessen Schrank, während dieser zu einer Untersuchung unterwegs war. Weder der Trainingsanzug noch die Turnschuhe haben ihm gepasst, denn der Bettnachbar war viel größer als er. Es muss recht lustig ausgesehen haben, als der kleine Landstreicher in den viel zu großen Klamotten das Krankenhaus verließ – wie Charlie Chaplin, aber ohne Hut und Stöckchen.

Dem Pförtner, der nicht alles im Blick haben konnte, war er auf jeden Fall nicht aufgefallen.

Und so war er entschwunden. Wir alle konnten uns nur noch die Augen reiben.

# Fast eine Inkunabel

Was ist eine Inkunabel? Das ist nicht ein gerade geläufiger Begriff. Die Mehrheit der Bundesbürger können mit dieser Bezeichnung nichts anfangen. Darf ich kurz Oberlehrer spielen? Der Begriff Inkunabel leitet sich von dem lateinischen Wort „incunabula" ab und das bedeutet „Wiege". Hinter der Inkunabel verbirgt sich der im 16. Jahrhundert geläufige sogenannte „Wiegendruck". Man verstand darunter alle Bücher und Einblattdrucke (die ersten Flugblätter), die in der Zeit von 1454 bis zum Ende des Jahrhunderts gedruckt wurden. Warum gerade das Jahr 1454? Das ist das Jahr, in dem Gutenberg, der Erfinder der Buchdruckerkunst, seine erste Bibel gedruckt hat. Alle seine in den folgenden Jahrzehnten erstellten Druckwerke und auch diejenigen seiner Gesellen und anderer Buchdrucker, werden als Inkunabeln oder Wiegendrucke bezeichnet.

Ich bin stolzer Besitzer des ersten deutschen Hebammenbuchs, das den schönen Titel trägt: „Der

Schwanngeren Frawen und Hebammen Rosengarten", dass ein gewisser Eucharius Rösselin verfasst hat und das „1547" von Gülferich in Frankfurt in der Schnurgasse gedruckt wurde. Nach der zitierten Definition ist das Buch eindeutig keine Inkunabel! Wäre das Buch 50 Jahre früher gedruckt worden, so wäre es eine Präziose und tausende Euros wert. Auch wenn das seltene antiquarische Buch, dieser alte Schatz kein Vermögen wert sein mag, sondern nur drei- oder viertausend Euro, so steckt es doch voller Erinnerungen an meine Jugend und meine Sammelleidenschaft. Es ist für mich von unschätzbarem Wert.

Wie ich in den Besitz des Buches kam, ist eine lange und unglaubliche Geschichte, ich muss sie Ihnen erzählen:

Die Weichen, dass es mir überhaupt gelang, einen solchen Goldfisch an Land zu ziehen, wurden schon sehr früh gestellt. Von meinem Vater habe ich die Leidenschaft des Sammelns alter, schöner Dinge geerbt, selbst dann, wenn sie sich in einem erbarmungswürdigen Zustand befanden. Oft waren sie verstaubt, verschmutzt oder verrostet. Doch mein Vater brachte mir bei, wie man ihnen mit einfachen Mitteln neuen Glanz verschafft. Er schaffte es, mir für das Besondere dieser scheinbar wertlosen, alten Dinge die Augen zu öffnen.

In meiner Jugend fand man in meiner Heimat, im christlich geprägten Allgäu, wo ich meine Kindheit und Jugend verbrachte, noch manches „Juwel". Die Bauern verlangten, falls sie überhaupt ein Stück veräußerten, keine astronomischen Preise. Wenn man Glück hatte, konnte es vorkommen, dass man so ein altes Stück sogar geschenkt bekam. Mir kam zu pass, dass ich von Natur aus freundlich und hilfsbereit bin (das wird behauptet). Ich war in meinem Heimatort bekannt wie ein bunter Hund und 10 Jahre ging ich auf eine Klosterschule (ein Jahr länger als „vorgesehen") und ich habe viel von Nonnen und katholischen Geistlichen gelernt. Als sehr nützlich erwies sich meine quasi „angeborene Schauspiel-

und Verstellungskunst". In den Jahren des Wirtschaftswunders wurden viele Kirchen und Kapellen restauriert und gleichzeitig entrümpelt und so manche „Kostbarkeit" wurde dabei aussortiert, das war für jeden Sammler eine Fundgrube. Aber es war nicht die reine Sammelleidenschaft, die mich umtrieb. Das Taschengeld der Eltern war nach heutigen Maßstäben geradezu lächerlich. Durch den Verkauf mancher Objekte gelang es mir, das Taschengeld ein wenig aufzubessern.

Ich weiß es heute nicht mehr genau, ich muss ungefähr 10 oder 11 Jahre alt gewesen sein, damals wurde zu den Gedenkgottesdiensten für die Gefallenen beider Weltkriege in unserer Kirche, neben einer Gedenktafel, mit aufgemalten Totenkopf, auch drei Gewehre aufgestellt. Richtige Gewehre, keine Attrappen. Es waren Vorderlader. Diese Gewehre faszinierten mich schon damals und da ich beim Aufbau dieser Gedenktafel oft mitgeholfen habe, so bot sich mir die Gelegenheit, die Gewehre näher in Augenschein zu nehmen. Unterhalb des Zündschlosses war die

Jahreszahl „1804" und „Mutzig" eingraviert, in diesem elsässischen Städtchen, so erfuhr ich viel später, dass dort sich die Waffenschmiede Napoleons befand. Die Vorderlader stammten also noch aus napoleonischen Zeiten ...

Irgendwann waren diese Gedenkgottesdienste für Gefallene aus der Mode gekommen und unsere Pfarrei hatte auch einen neuen Pfarrer bekommen, der von der Existenz der alten Gewehre nichts wusste. Und ich war in ein Alter gekommen, in dem ich mich für alles Alte und natürlich auch für die alten Gewehre interessierte. Außerdem kannte ich die Stelle auf dem Dachboden der Kirche, wo die Gewehre „friedlich dahin schlummerten". Eines Tages ging ich zum neuen Pfarrer und fragte ganz schüchtern und in einem etwas unterwürfigen Ton: „Herr Stadtpfarrer, könnte ich die alten Gewehre bekommen, die auf dem Dachboden der Kirche herumliegen?"

„Ja um des Himmels Willen, was für Gewehre?", versetzte der Geistliche leicht verstört.

Mit einer kleinen „Zwecklüge", habe ich ihn beruhigt.

„Keine Angst, Herr Stadtpfarrer. Mit den Gewehren kann man nicht mehr schießen. Es sind alte Vorderlader, die noch aus der napoleonischen Zeit stammen. Mit denen kann man kein Unheil mehr anrichten."

Das stimmte nicht ganz, denn ein Hobbyschütze, der sich mit Vorderladern auskannte, hätte mit einem solchen Gewehr noch schießen können, er hätte allerdings die Zündschlösser reparieren müssen. Am Ende war es dem Herrn Stadtpfarrer recht, dass er die Gewehre los wurde und sie vom Dachboden der Kirche verschwanden. Er hatte keine Ahnung, dass ich die alten Waffen verkaufen wollte. Und aus dem Erlös der verkauften Gewehre habe ich den Grundstock für kleinere Geschäfte gelegt.

„Danke, Napoleon, Du hast mir sehr geholfen."

Es hatte sich zwischenzeitlich herumgesprochen, dass ich alles „Antike" sammelte und an interessierte

Kunden verkaufte. Es waren keine großen Geschäfte, die ich tätigte.

Eines Sonntagnachmittags, es herrschte gerade Siesta, da klingelte es an unserer Haustür. Ein älteres, etwas heruntergekommenes Männchen stand vor der Tür. Auf den ersten Blick hielt ich ihn für einen Bettler, der um eine milde Gabe anhielt. Noch bevor ich ihn beschimpfen konnte, von wegen „Sonntagsruhe" nahm er seinen Rucksack ab und sagte: „Darf ich Ihnen etwas zeigen?"

Ich bat ihn ins Haus und sogleich breitete er auf unserer alten Kommode in der Diele verschiedene Gegenstände aus. Ganz nebenbei richtete er einen schönen Gruß von einem Sammlerfreund aus, der ihm verschiedene Dinge abgekauft habe. Es war viel Krimskrams, was er zeigte, unter anderem ein Zinnleuchter, ein Farbdruck mit einer süßlichen wirkenden Madonna. Als ich gerade ansetzen wollte, ich hätte kein Interesse, er könne alles wieder einpacken, da holte er einen kleinen Pappkarton aus seinem Rucksack und öffnete diesen Karton mit einer feierlichen Geste. In dem Karton befand sich eine kleine Figur, sie war nur ungefähr 15 cm hoch. Ich war wie elektrisiert. Eine kleine Holzfigur, eine „Anna selbdritt". Mutter Anna und Maria mit dem Jesuskind auf dem Schoß. Die kleine Holzplastik war stark verwittert und in sehr schlechtem Zustand. Aber ich erkannte sofort, dass es sich um etwas Besonderes handelte. Ich war hellauf begeistert, ich musste das Figürchen unbedingt haben.

„Was wollen Sie für das Figürchen haben?"

„Das ist eine barocke Schnitzerei, süddeutscher Provenienz", war die Antwort.

Woher der Kerl das wusste? Egal, das Figürchen wollte ich haben!

„Die Figur ist 500 Mark wert, aber ich gebe sie Ihnen für 400."

Da ich aber nur 200 Mark in meiner Kasse hatte, musste ich ihn um 200 Mark herunterhandeln. Ich wies ihn auf den schlechten Zustand hin und fügte hinzu, dass in jedem Fall noch hohe

Restaurierungskosten auf mich zukämen. Also, er könne das Figürchen wieder einpacken.

„Wieviel ist Ihnen die Figur wert?"

„Maximal 200 Mark."

„Dafür gebe ich sie nicht her." Er wollte die Figur gerade wieder einpacken, da schien er es sich doch noch einmal zu überlegen.

„Geben Sie mir die 200 Mark, dann gehört die Figur Ihnen."

So waren wir dann doch noch handelseinig geworden. Meinem Vater habe ich meinen neu erworbenen Schatz sofort gezeigt, der war aber sehr skeptisch und meinte nur: „Die hat der bestimmt gestohlen."

Über ein Jahr stand das Figürchen auf meinem alten Schreibtisch und es erfreute mich jeden Tag. Ich hatte längst den etwas zwielichtigen Alten vergessen. Eines Tages ging ich, wie gewöhnlich in die Klosterschule. An diesem Tag missmutiger als sonst, denn es war eine Klassenarbeit in meinem „Lieblingsfach Griechisch"(?) angesetzt. Während der Arbeit klopfte es an der Tür, der

Griechischlehrer öffnete und vor der Tür stand die Sekretärin unseres Direktors, die mit ihm verhandelte. Der Griechischlehrer kam zurück und stürzte sich auf mich, wie ein Habicht auf seine Beute, als ob ich gerade am „Pfuschen" wäre. Was durchaus möglich gewesen wäre.

„Du sollst sofort zum Direktor kommen."

„Hat das nicht Zeit bis nach der Klassenarbeit?"

„Nein! Du sollst sofort kommen."

Also ging ich mit weichen Knien und heftigem Herzklopfen zum Direktor und fragte mich, was da wohl Schlimmes passiert sein könnte, dass ich zum Direktor zitiert wurde?

Beim Direktor war ein Mann, mittleren Alters, sportlich gekleidet, insgesamt eher ein unauffälliger Typ. Der grimmig dreinschauende Direktor stellte mir ihn als Kriminal-Oberinspektor vor, der zuvor bei meiner Mutter gewesen sei, die sicher beinahe in Ohnmacht gefallen war, als sie hörte, wen er suchte. Und als ich, „Kriminal-Oberinspektor" hörte, läuteten bei mir alle Alarmglocken und ich wusste sofort, was er von mir wollte. Der Herr Kriminal-Oberinspektor begann dann auch sofort mit seinem Verhör.

Und das war seine erste Frage: „Kannst du dir vorstellen, warum ich hier bin?"

So eine blöde Frage, natürlich wusste ich genau, warum er mich ins Direktorat zitiert hatte.

„Nein? Warum?" Das *Nein* und *Warum* kamen nicht frech und nicht patzig herüber, eher ängstlich und erwartungsvoll. Ich gab mir den Anschein, als ob ich krampfhaft überlegte.

Ich zog alle Register meiner schauspielerischen Talente und dann, meine Gesichtszüge hellten sich auf, es schien mir ganz plötzlich wieder eingefallen zu sein.

Und nach einem „Äh" und einem kurzen etwas meckernden Räuspern, erzählte ich in leicht abgehackten Sätzen die Geschichte von dem sonntäglichen Besuch dieses komischen Männchens, das mir die barocke „Anna selbdritt Figur" verkauft hatte. Nach kurzer Zeit unterbrach mich der Inspektor:

„Du bist ein so schlauer Kerl und du hast nie daran gedacht, dass die Figur gestohlen sein könnte?"

„Aber so etwas hätte ich diesem einfachen Mann nie zugetraut und er hat auch einen schönen Gruß von einem Sammlerfreund ausgerichtet, der bei ihm auch Sachen gekauft habe", antwortete ich mit einem etwas weinerlichen Unterton, mir war tatsächlich zum Heulen zumute, denn ich wusste genau, Anna selbdritt und 200 Mark sind perdu.

„Dass dieser Kunsträuber zuvor auch bei deinem Sammlerfreund war, stimmt, wir waren schon bei ihm, er hat uns auch deine Adresse gegeben."

Ich fragte nun, was passiert jetzt mit der Figur. Natürlich war es mir längst klar, was mit meinem Figürchen passieren würde!

„Die musst du zurückgeben, denn die Figur wurde aus einer Kapelle auf der Schwäbischen Alb gestohlen."

Er beendete dann sein Verhör: „Du hörst noch von uns." Mit einer leichten Verbeugung und mit einem befreiten Lächeln im Gesicht verabschiedete ich mich von dem Inspektor und von dem nun recht zufrieden dreinschauenden Direktor.

Nach Monaten war dann die Gerichtsverhandlung in der Kreisstadt, zu der ich als Zeuge geladen war, und ich war nicht der einzige Zeuge, insgesamt waren 12 Zeugen geladen. Auch drei meiner Sammlerfreunde waren darunter. Einer war der Lokalredakteur unserer Tageszeitung. Er schrieb einen Artikel über die Gerichtsverhandlung, in dem Artikel kam auch ich vor. Er schrieb: „Der unter dem Namen *Madonnen Ingo* bekannte Sammler war auch einer der Geschädigten!"

Viele Jahre war das mein Spitzname bei meinen Freunden. Und dieses unscheinbare Männchen war ein raffinierter Kunstdieb, der sein Unwesen in ganz Süddeutschland trieb. Da er schon mehrere Bewährungsstrafen hinter sich hatte, kam er jetzt für lange Zeit hinter Schloss und Riegel ...

Das Abitur rückte näher und meine Eltern sahen wegen meiner „Leidenschaft" mit Recht das Abitur in höchster Gefahr. Von meinem Vater wurden mir „geistige Fußfesseln" angelegt. Jegliches

Sammeln und Handeln wurden mir strikt untersagt. Doch da ergab sich mir eine nie mehr wiederkehrende Gelegenheit.

Unsere Klosterschule hatte eine eigene Ökonomie. Das alte Ökonomiegebäude entsprach nicht mehr den Anforderungen moderner Landwirtschaft und so wurde ein neuer Bauernhof gebaut. Das alte Ökonomiegebäude stand nun leer und sollte verkauft werden. Ich war einige Male in dem Gebäude und kannte auch das Refektorium, das ist der Raum in dem die „Laienbrüder" (das sind Mönche ohne höhere Weihen, die im Stall und auf dem Feld arbeiten) ihre Mahlzeiten einnahmen. In dem Refektorium hingen zwei alte Bilder (beide circa 20 x 40 cm groß). Auf den Bildern lag eine dicke Staubschicht, sodass man kaum noch erkennen konnte, was sich unter dieser Schicht verbarg. Es stellte sich ein leidender Christus und eine weinende Madonna heraus. Diese alten, verschmutzten Bilder passten nicht in das Refektorium des neuen Bauernhofs. Deswegen hat man die Bilder in dem alten Refektorium hängen lassen. Aber da gab es zwei Probleme: Wie konnte ich in das alte Refektorium gelangen und wie an die Bilder?

Es war Vorsicht geboten, denn wenn die Herrn Patres, also die mit den höheren Weihen, erst einmal den Braten gerochen hätten, dass unter der braunen Schmutzschicht sich zwei recht gute Ölgemälde befanden, dann hätte ich niemals die Bilder erwerben können. Die Ökonomie hatte einen eigenen Verwalter, den Bruder Cassius, ein viel beschäftigter, sehr fleißiger Mann, der aber zwei Leidenschaften hatte: Sonntagmittags ging er auf den Sportplatz zum Fußballspiel, das wusste ich natürlich, und er rauchte Zigaretten. Da ihm aber seine wöchentliche Ration an Zigaretten, die er samstagabends nach der Wochenbesprechung vom Chef, dem Pater Superior, zugewiesen bekam, nie ausreichte, war er auf „Fremdspenden" angewiesen. Am liebsten war ihm bare Münze, dann konnte er Zigaretten am Automaten ziehen. Wegen seines Gelübdes der Armut durfte er aber kein Geld annehmen, außer für einen „guten

Zweck". All das wusste ich und so lauerte ich ihm auf dem Heimweg nach einem Fußballspiel auf. Geschickt kam ich über das Spiel auf den neuen Hof und zuletzt auf das alte Refektorium zu sprechen und so ganz nebenbei auch auf die Bilder. Wobei ich ihn gleich darauf hinwies, dass ich schon etwas für die Bilder bezahlen würde, natürlich könnte er das Geld für einen „guten Zweck" benutzen. Schon bald kam es zu einem geheimen Rendezvous in dem alten Refektorium. Und tatsächlich erhielt ich die beiden verschmutzten Ölgemälde und er das Geld für einen guten Zweck. Er zwinkerte mir zu, das sei für ein „Rauchopfer". Meinem Vater beichtete ich, dass ich trotz Verbot rückfällig geworden war. Er hat mir aber sofort verziehen, als er die beiden „redlich" erworbenen Bilder sah und er hat mir auch geholfen mit einem weichen Schwamm und Seifenschaum, die Bilder oberflächlich zu reinigen. Beide waren wir von der Schönheit der Bilder überrascht ...

Die Abiturprüfung verlief keineswegs glatt, wie hätte es bei dieser Vorgeschichte anders sein können. Doch „Bestanden" und das war die Hauptsache.

Nach dem Abitur begann ich mit meinem Medizinstudium in Freiburg, das ich dann an verschiedenen Studienorten fortsetzte. Zuletzt war ich in München gelandet, um dort mein Staatsexamen zu machen. Für meine Hobbys „Sammeln und Handeln" ergaben sich keine Gelegenheiten und ich hatte auch keine Zeit. Die beiden alten Bilder waren noch nicht restauriert, sie lagerten aber gut vor Sonneneinstrahlung und Nässe geschützt an einem sicheren Ort ...

Meine Studentenbude in München lag in der Nähe des Waldfriedhofs. Abends lernte ich immer so bis gegen 23 Uhr. Dann holte mich mein Freund, der Grundschullehrer war, von meiner „Bude" ab und wir gingen zum nahegelegenen „Wöllinger". Ein typisches Münchner Bierlokal mit gemütlichem, aber nicht allzu großem

Biergarten. Falls mein Freund keine Zeit hatte, ging ich auch allein dorthin. Man kannte sich. Da war ein älterer Schauspieler, der mir gelegentlich Passagen seines Textes aufsagte. Ein Tiermediziner, der sich ebenfalls auf sein Staatsexamen vorbereitete. Ein bunt gemischter Haufen aus Handwerkern, Arbeitern und Studenten saßen da in fröhlicher Runde. Eines Tages brachte mein Freund einen Studenten der pädagogischen Hochschule mit, der Allgäuer war. Berthold Kösel war sein Name. Im Laufe des ersten Gesprächs stellte sich heraus, dass er schon eine Lehre als Kirchenrestaurator durchgemacht hatte. Sein ehemaliger Chef hatte fast sämtliche Kirchen im Allgäu restauriert und dabei auch manches gute Stück den Pfarrern abgeluchst. Mit Berthold verband mich die Liebe zum Allgäu mit seinen vielen Barockkirchen und Kapellen. Irgendwann kamen wir auch auf meine Sammelleidenschaft zu sprechen. Vielleicht wüsste mein neuer Freund einen Restaurator, der meine Ölgemälde restaurieren könnte. Nach einigem Zögern war aber Berthold selbst bereit, die beiden Gemälde in den Semesterferien zu restaurieren.

Eines Tages nach den Wintersemesterferien kam Berthold mit den beiden Ölgemälden unter dem Arm zum „Wöllinger". Ich erinnerte mich genau, es war an einem lauen Maiabend, alle Tische im Biergarten waren besetzt, nur ein Platz an unserem Tisch war noch frei. Und da stand er vor uns, der Allgäuer Bub, „strahlend" mit einem in Packpapier eingewickeltem Paket unter dem Arm. Erwartungsfreudig, wie ein Kind zu Weihnachten, packte ich das Paket aus und da kam ein „leidender Christus", mit blutunterlaufenen Augen und schmerzverzerrtem Gesicht und eine „weinende Madonna", der Tränen über die Wangen liefen, zum Vorschein. Und beide Bilder waren mit einem passenden Goldrahmen gerahmt. Ich war überwältigt und ergriffen von denen im neuen Glanz erstrahlenden Bildern. Und beim Betrachten der Gemälde empfand ich unweigerlich „Mitleid" mit dem geschändeten „Ecce homo" und der leidenden „Mater dolorosa". Vor lauter Freude und Besitzerstolz bestellte ich für alle an unserem Tisch eine Runde Bier. Und ganz diskret zog Berthold die Rechnung, ein etwas verknittertes Briefkuvert aus seiner Tasche mit der Bitte es doch erst zu Hause zu öffnen, er wolle nicht, dass ich wegen der Höhe der Rechnung vor Schreck in Ohnmacht falle. Dem war aber nicht so. Für die vielen Stunden, die er an den Bildern saß, war die Rechnung sehr human, und da ich ja keinerlei Einkünfte mehr aus meinen Geschäften hatte, musste die Rechnung mein Vater begleichen. Alle drei, der Tiermediziner, Berthold und ich machten ungefähr zu derselben Zeit Staatsexamen. Zusammen feierten wir unser bestandenes Examen und schon bald begann der Ernst des Berufslebens.

Meine erste Stelle war an der chirurgischen Universitätsklinik, sie war „unbezahlt" und nach einem halben Jahr fand ich in einer Klinik in der Nähe meines Heimatortes eine gut dotierte Stelle. In meinem Urlaub konnte ich meinen Vater in seiner Landarztpraxis vertreten. Ich kannte die Praxis und seine Patienten von Jugend an und in den letzten Semestern meines Medizinstudiums machte ich für meinen Vater schon Hausbesuche. Das Ganze war für mich kein Neuland mehr. Nur vor einer Sache hatte ich großen Respekt: einer Hausgeburt. Denn zu dieser Zeit waren Hausgeburten noch sehr in Mode. Aber mit einer erfahrenen Hebamme hätte ich mir auch eine Hausgeburt zugetraut. Gott sei Dank bin ich nie in die Verlegenheit geraten.

Nach der Sprechstunde, am Spätnachmittag machte ich immer Hausbesuche. Einmal wurde ich zu einer Bäuerin in ein entfernteres Dorf gerufen, das Dorf gehörte schon nicht mehr zu dem Bezirk meines Vaters. Das Bauernhaus lag außerhalb des Dorfes, es war viel kleiner als die übrigen Bauernhäuser. Und der Stall klein und armselig. Aber neben dem Stall war eine Werkstatt, die größer war als der Stall. Neugierig wie ich war, habe ich einen Blick in die Werkstatt geworfen. Was sah ich da: Eine Hobelbank, eine Drehbank für Drechselarbeiten, Schreinerwerkzeuge, ein bemalter Bauernschrank, der gerade restauriert wurde, eine mit bäuerlichen Motiven verzierte Fruchttruhe, der eine neue Seitenwange angeleimt wurde. Mein Herz schlug schneller, war der Mann gar kein Bauer? War er auch „ ein Sammler", wie ich? So einer, der seine Stücke selbst restaurieren kann? Ich kam aus dem Staunen nicht mehr heraus. Das kleine Bauernhaus ein Schmuckstück. Eine wunderbar geschnitzte Haustür aus Eichenholz, anstatt einer Türglocke ein geschmiedeter Türklopfer. An den Wänden des engen Hausganges Hinterglasmalerei mit christlichen Motiven. Ich konnte all die interessanten Sachen nur ganz flüchtig betrachten, denn da kam schon ein großer, sehr staatlicher Mann mit den Worten auf mich zu: „Gott sei Dank, dass Sie da sind Herr Doktor, meine Frau hat 40,2° Fieber," und noch bevor ich etwas fragen konnte, stürmte er die schmale Stiege in die Schlafkammer hinauf und ich hinterher. Da lag sie, die Bäuerin in einem mit bäuerlichen Motiven bemalten Himmelbett. Sie hatte hochrote, fiebrige Wangen. Auf meine Fragen antwortete sie mit belegter Stimme, in kurzen, abgehackten Sätzen und beim Sprechen verzog sie vor Schmerzen ihr Gesicht. Das Sprechen bereitete ihr offenbar große Schwierigkeiten. Ich untersuchte gleich den Rachenraum, die Zunge war belegt und die Mandeln waren so groß wie „Klicker".

„Scharlach" schoss es mir durch den Kopf, aber bei einer Erwachsenen und ohne die typischen Flecken? „Scharlach"? Egal, hier musste schnell gehandelt werden. Ich injizierte ihr eine hohe Dosis „Penicillin" und für die nächsten Tage verordnete ich Penicillin Tabletten, die ich zum Besuch am Abend aus der Apotheke mitzubringen versprach. Außerdem unterwies ich den Ehemann, wie man Wadenwickel macht, und legte sogleich persönlich die ersten Wadenwickel an. Am Abend fand ich eine stark schwitzende Patientin vor, die am „Abfiebern" war. Ich setzte die Wadenwickel ab, um das Herz nicht weiter zu belasten. Am nächsten Morgen rief mich der Ehemann ganz glücklich an: „Herr Doktor, ein kleines Wunder ist geschehen. Meine Frau hat nur noch 38° Fieber. Es geht ihr schon viel besser. Sie hat sogar eine Kleinigkeit gegessen."

Am Nachmittag besuchte ich die Bäuerin erneut. Sie schlief ganz ruhig, das Fieber war tatsächlich gefallen. Ich besprach mit dem Ehemann, wie er mit den Tabletten weitermachen sollte und dass er darauf achten solle, dass sie genügend trinkt. Erst jetzt hatte ich zum ersten Mal Zeit, mich im Zimmer und dann im Häuschen umzusehen. Der Ehemann der Bäuerin bemerkte mein großes Interesse für die vielen schönen Dinge, die da zu bestaunen waren. Das kleine Bauernhäuschen war ein richtiges Schmuckkästchen, voller rustikaler Antiquitäten. Hier eine Truhe, dort ein Bauernschrank, alles mit christlichen Motiven bemalt. Daneben eine Kommode auf der eine Heiligenfigur stand und an der Wand ein gut erhaltenes, schön gefasstes Kruzifix. Mit großer Begeisterung führte er mich durch sein kleines Museum. Zum Schluss zeigte er mir noch sein kleines Männerparadies, eine sehr gut ausgestattete Schreinerwerkstatt. Nebenbei erzählte ich ihm, dass auch ich großes Interesse an der bäuerlichen Kunst habe.

„Aber Landwirtschaft betreiben Sie nicht mehr", fragte ich ihn.

„Nur noch für den Eigenbedarf. Wissen Sie, ich war nie ein richtiger Bauer. Ich habe in das „Höfle" eingeheiratet. Von Beruf bin ich Schreiner und mein ganzes Herz hängt an den schönen alten Sachen und ich hab am „Herrichten" von den Sachen viel mehr Spaß, als an der Landwirtschaft."

Bei der Verabschiedung war mir klar, dass ich wiederkommen würde! Beim zweiten Besuch hatte die Bäuerin kein Fieber mehr, aber sie war noch zu schwach, um aufzustehen. Sie saß halbaufgerichtet mit einem dicken Federkissen im Rücken in ihrem bäuerlichen Himmelbett und blätterte in einem alten Buch, das einen dunkelbraunen, erheblich lädierten Ledereinband hatte. Ich war elektrisiert, es muss sich um ein sehr altes Buch handeln, fuhr es mir durch den Kopf. Etwa eine Inkunabel? Ach nein, das ist unmöglich, dachte ich.

Fieberhaft arbeitete es in meinem Hirn. Das Buch muss ich haben! Doch da war äußerste Vorsicht geboten. Nichts überstürzen! Nur kein Interesse zeigen! Denn sobald man Interesse zeigt, werden die Besitzer des Wunschobjektes stutzig und wittern Gefahr und machen dicht. Fast gelangweilt und so ganz nebenbei, fragte ich:

„Was ist das für ein Buch, das Sie gerade lesen?"

„Oh, so ein altes Buch, ein Gesundheitsbuch", war ihre Antwort.

Ich hielt den Atem an. „Woher haben Sie das Buch?", fragte ich weiter ganz scheinheilig. Wo das Buch herstammte, das interessierte mich nur am Rande, ich wollte sie nur in ein Gespräch verwickeln. Geduldig hörte ich mir die Geschichte an: Das Buch war schon lange im Besitz in der Familie der Frau. Es sei immer an die älteste Tochter vererbt worden. Und dann erzählte sie in einem etwas gelehrten Ton: „In dem Buch sind viele Kräuterrezepte für alle mögliche Krankheiten und es steht sogar etwas drin, wie man Kinder auf die Welt bringt."

Ich merkte, wie meine Hände anfingen zu schwitzen. Sollte das ein frühes Hebammenbuch sein? Und nun wagte ich den Sprung: „Darf ich einmal in das Buch hineinschauen?"

Bereitwillig übergab sie mir die Kostbarkeit. Und da hielt ich den Schatz in Händen. Schnell schlug ich die erste Seite auf, um das Erscheinungsjahr herauszufinden. Ich las: MDXLVll und da kamen mir endlich einmal meine 10 Jahre (neun Jahre und ein geparktes Jahr) Gymnasium zugute, dort haben wir die römische Zahlschrift gelernt.

So steht für 1000 „M" für 500 „D" für 10 X „ für 50 L" für 5 V für zwei „II" = 1547. Das Buch war also 1547 in Frankfurt in der Schnurgasse von dem Meister Gülferich in gotischer Schrift gedruckt worden. Es waren vier Büchlein in einem Buch zusammengefasst. Drei davon waren „Wundheilbücher" und das eine war tatsächlich, wie es sich später herausstellte, das erste deutschsprachige Hebammen-Buch: „Der Schwanngeren frawen und Hebammen Rosengarten". Das Innenleben des Buches war in einem erbarmungswürdigen Zustand, die Seiten total zerfleddert. Viele Seiten waren von Stockflecken verunziert. Das ganze Buch ein Notfall, wenn hier nicht schnelle Hilfe kommt, übersteht es die nächsten Jahre nicht. Der Zufall hat mich als Retter auserkoren! Ich wusste aber noch nicht, wie ich in den Besitz des Buches kommen könnte, um es zu „retten". Ein edles Motiv! Wie sagte schon Goethe:

„Edel sei der Mensch, hilfreich und gut." Mit diesen Gedanken verlies ich die Bäuerin. Dabei war ich mir ganz sicher, dass das nicht mein letzter Besuch war. Ich musste strategisch vorgehen. Aber warum sollte die Bäuerin mir das Buch vermachen? Würde sie oder der Mann, der hier das Sagen hatte, das Buch verkaufen? Niemals! Wahrscheinlich wird der einzige gangbare Weg ein Tauschgeschäft sein. Aber was wünscht sich so eine alte Bäuerin, mit was könnte ich sie ködern. Ich überlegte, aber mir fiel nichts ein. Doch zu lange durfte ich nicht warten, denn wie heißt das Sprichwort: „Das Eisen muss man schmieden solange es heiß ist."

Wie so oft im Leben kam mir der Zufall zur Hilfe. In einem Kulturmagazin, das mein Vater abonniert hatte, las ich zufällig einen Artikel über „Manierismus". Das ist die Epoche der Hochrenaissance im Übergang zum Barock. In dem Artikel waren Bilder von italienischen Künstlern des 17. Jahrhunderts abgedruckt, die in diesem Stil gemalt hatten. Im dazugehörigen Text las ich, dass auch außerhalb Italiens, auch noch in späteren Jahrhunderten im manieristischen Stil gemalt wurde. Sollte mein „Ecce Homo" und die „Mater dolorosa", die mein Freund Berthold so vortrefflich restauriert hatte, vielleicht manieristisch sein? Ich behauptete es einfach. Und da war sie. Meine zündende Idee: Ich tausche die Bilder gegen das Buch.

Ich packte die Bilder einzeln ein und steckte sie in meinen großen Rucksack und schon am nächsten Nachmittag war ich erneut bei der wieder gesundeten Bäuerin und ihrem Mann, sie waren sehr erstaunt, mich nach so kurzer Zeit wieder zu sehen. Ich erkundigte mich nach dem Gesundheitszustand der Bäuerin. Sie versicherte mir, es ginge ihr schon wieder bedeutend besser. Nun galt es eine Überleitung zu finden. Ich wollte das alte Buch sehen. „Könnte ich noch einmal das alte Buch sehen?"

„Ja, warum interessiert Sie das Buch?", fragte sie leicht misstrauisch.

Nun erzählte ich ihr, dass ich im Rahmen meiner Ausbildung gerade in einer Frauenklinik arbeitete, und zwar auf der Geburtshilfe Station und mich deswegen das Buch interessiere, was man früher über die Geburt eines Kindes wusste. „Also rein aus wissenschaftlichem Interesse!" Das leuchtete ihr ein und sie holte ihn tatsächlich, den Schatz meiner Begierde. Zwischenzeitlich war ihr Mann, der Sammler noch hinzugekommen. Ich musste beide überzeugen, dass sie kein schlechtes Geschäft machen würden, wenn sie mir das Buch gegen die Bilder eintauschen würden. Zwei fromme Bilder für das alte Buch. Ich rechnete mit der Sammlerleidenschaft des Mannes und der Frömmigkeit der Frau. Nachdem sie das Buch geholt hatte, schlug ich das Büchlein über die Geburtshilfe auf und tat so, als ob ich lesen würde, und ich blätterte auch gelegentlich um. In Wirklichkeit beobachtete ich die beiden im Augenwinkel. Und dann brachte ich die Bombe zum Platzen. Etwas umständlich legte ich das Buch weg, um dann in einem salbungsvollen Ton zu fragen: „Würden Sie mir das Buch verkaufen?" Ich war mir ganz sicher, dass die beiden das Buch nicht verkaufen würden. Ein klares „Nein" war ihre Antwort. Blitzschnell griff ich in meinen Rucksack und überlegte kurz, welches der beiden Bilder ich ihnen anbieten sollte? Ich entschied mich für die weinende Madonna. Mein Freund Berthold hatte ganze Arbeit geleistet, das Bild erstrahlte in seiner gesamten Schönheit, die Tränen waren mitleidheischend. Die Bäuerin war sofort von diesem Bild hingerissen.

„Das Bild würde gut in den Hergottswinkel neben das Kruzifix passen", bemerkte ich wieder salbungsvoll. Ich hatte die richtige Tonart „drauf", nicht umsonst war ich zehn Jahre auf einer Klosterschule gewesen. Im Übrigen war ich tatsächlich der Meinung, dass das Bild dort gut hinpasste. Und schon etwas kecker fragte ich: „Und was halten Sie jetzt von dem Handel?" Ich hatte das Gefühl, die Bäuerin wäre schon einverstanden gewesen, aber ihr Mann meinte nur: „Da müssen Sie schon noch etwas drauflegen!"

„An wieviel hätten Sie denn gedacht?"

„So 400 bis 500 Mark."

„Soviel habe ich nicht! Ich bin ein junger Assistenzarzt und verdiene nicht viel."

Jetzt war die Zeit gekommen. „Alles oder nichts". Mit leicht schwitzenden Fingern und einem deutlich rasenden Puls, zog ich das andere Bild mit dem geschundenen Christus aus meinem Rucksack. An den erstaunten Gesichtern sah ich, dass meine Überrumpelungstaktik gelungen war. Ich glaubte, ein Verlangen in den Augen des Ehemanns zu erkennen. Jetzt war der Moment gekommen, über die Bilder zu sprechen. Ich erklärte in verständlichen

Worten, dass es sich um frühbarocke Bilder handelt, die in manieristischer Art gemalt sind und ich fügte dann schnell, im Brustton der Überzeugung hinzu: „Die beiden Bilder sind doppelt soviel wert wie das Buch!" Eine leichte Übertreibung, aber insgesamt wäre es ein fairer Handel gewesen. Doch der schlitzohrige Bauer wollte noch mehr. Er war der Meinung, ich müsste noch einen „Blauen" (einen 100 Markschein) obendrauf legen.

Jetzt kam aber von mir ein entsetztes „Nein!" Und um meine Entschiedenheit zum Ausdruck zu bringen, fing ich an, ein Bild einzupacken.

Sofort ruderte er zurück: „Ich bin einverstanden, das Buch für die beiden Bilder."

Er reichte mir seine rechte Hand und mit einem Handschlag war der Handel besiegelt, dann holte er aus einem Wandschränkchen eine Flasche „Obstwasser" und ich musste mit ihm ein Glas von diesem scheußlichen Fusel trinken. So wurde im Allgäu ein Handel abgeschlossen, das war

Tradition und der Vertrag war wie notariell
beglaubigt.

## Titel des Buches „Der Schwanngeren frawen und Hebammen Rosengarten"

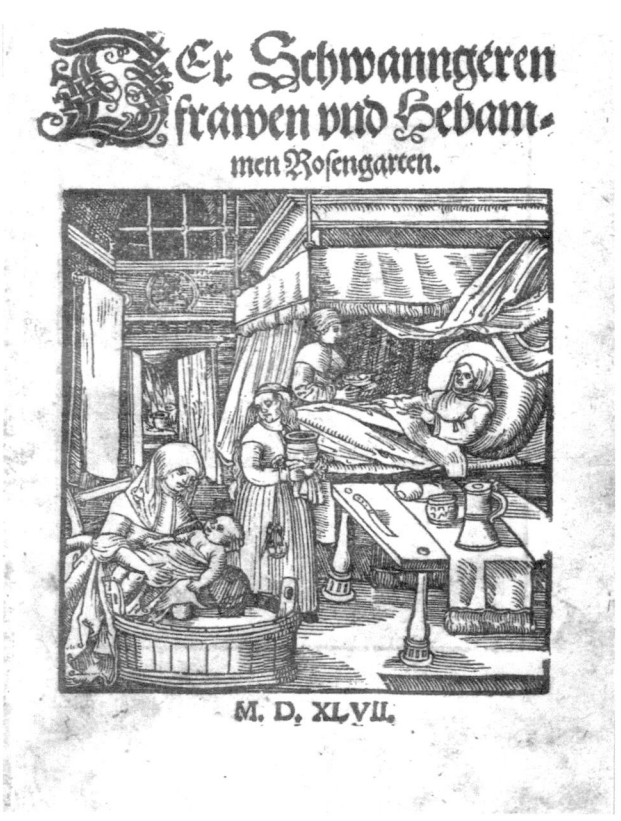

# Danksagung

Oft liest man auf der letzten Seite eines Buches eine kümmerliche Danksagung. Etwas lieblos und nüchtern findet man hier die Namen der Helfer aufgereiht, die zum Gelingen des Buches beigetragen haben. Ich meine aber, ohne die Mithilfe meiner Hilfstruppen, hätten meine Geschichten niemals das Licht der „Literaturwelt" erblickt und deswegen möchte ich mich „hier und jetzt" bei allen besonders bedanken:

An erster Stelle möchte ich mich bei meiner lieben Frau bedanken, sie musste meine Geschichten alle naselang anhören und später auch noch lesen und jetzt nahen sie schon wieder in gedruckter Form. Auch habe ich meine Schwiegertochter mit dem Lesen und Korrigieren der Geschichten belästigt. Verzeih mir, liebe Jutti. Mein Dank gilt den fünf älteren meiner elf Enkel, die mit Begeisterung(?) meine Geschichten gelesen haben. Es sind: Jonathan, Jule, Marie, Mattis und ganz besonders Amelie. Sie haben recht kluge Anmerkungen zu ihnen gemacht.

Es folgen nun die Menschen, „die Hand an die Geschichten" angelegt haben und diesen freundlichen Helfern bin ich sehr zu Dank verpflichtet.

Besonders bedanken möchte ich mich bei Herrn Dr. Kurt Bohr, dem Herausgeber des Kultur-Magazins Opus. Er hat den Geschichten auf die Sprünge geholfen, er hat sie redigiert, ohne seine Hilfestellung hätten sie „gelahmt", und ohne die Hilfe von Julia Thöne Colanesi hätten die Geschichten gestrotzt vor Schreibfehlern und falscher Satzzeichen. Danke, liebe Julia. Du machst das seit Jahren sehr gut. Ein Merci an Isabell Valentin, von der Schreibwerkstatt Bous, die etwas kann, was ich in meinem Alter nie mehr lernen werde. Sie kann so gut mit dem Computer umgehen. Sie hat die Geschichten „druckfein" gemacht.

Ich danke meinem Kollegen, Freund und Karika-turist, Dr. Peter Hilzensauer, für die lustige Illust-ration des schreibenden Opas 10 + Eins. Er hat schon unsere bilingualen Kinderchansons, die ich 2016 mit meinem französischen Freund und Gitarristen Noël Walterthum herausgebracht habe, so vor-trefflich illustriert.